L'art
à travers les âges

À Pascal,
merveilleux lecteur et correcteur

Conception graphique : Atelier du Père Castor
et Frédérique Deviller
Mise en page : Frédérique Deviller

Imprimé en France – ISBN : 978-2-0816-2777-2 – ISSN : 1275-6008

L'art à travers les âges

SONIA CHAINE

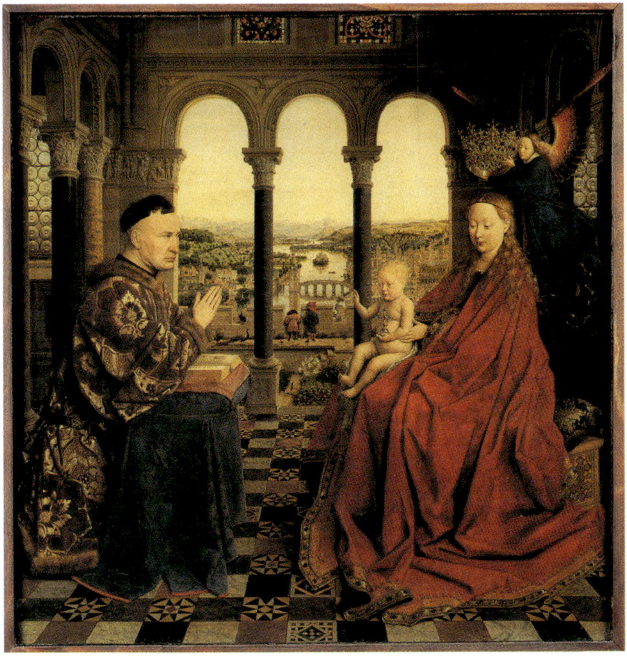

CASTOR DOC Flammarion

SOMMAIRE

INTRODUCTION

De l'art égyptien à l'art d'aujourd'hui, quelle belle évolution ! Chaque époque garde de la précédente une influence plus ou moins visible. Certaines périodes paraissent assez conservatrices, d'autres très créatives.
La liberté artistique ne provient pas seulement des artistes. Elle dépend de l'histoire politique, sociale, culturelle, économique et technologique. L'Histoire influence également les changements de goûts. Ainsi, certaines œuvres portées aux nues sont ensuite décriées, alors que d'autres

jugées scandaleuses ou immondes connaissent aujourd'hui un succès triomphal… Faire la synthèse de 30 000 ans d'histoire de l'art oblige à faire des choix. C'est l'art occidental qui a été privilégié, avec quelques incursions dans le reste du monde. Avec le temps, l'histoire de l'art devient plus complexe, les périodes de référence raccourcissent et les mouvements parallèles se multiplient. Ce voyage dans le temps et dans l'espace, ponctué par des œuvres admirables, montre l'extrême importance de l'art dans toutes les civilisations. Aujourd'hui encore, par les questions, les provocations, les rêves et les émotions qu'il procure, l'art aide à comprendre et à découvrir le monde.

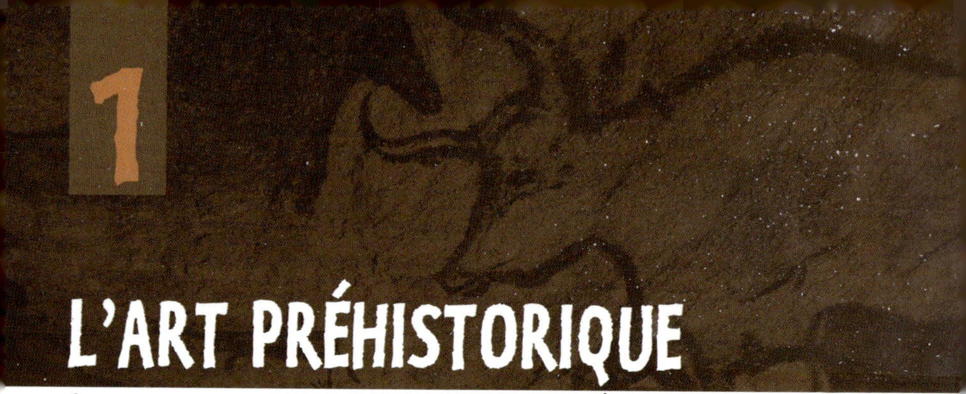

1

L'ART PRÉHISTORIQUE

La magie, le sacré et l'art

De 30000 à 5000 avant J.-C.

Des créations magiques

Les peintures et sculptures préhistoriques datent de l'époque du paléolithique supérieur. On en a découvert en Europe, mais aussi en Asie, en Afrique et en Australie.

Les hommes chassent et cueillent pour se nourrir. Ils ne représentent que ce qui leur est utile.

Les hommes préhistoriques ne savaient pas écrire, nous ne disposons donc pas de source d'information directe. Il semble cependant que pour ces hommes, les sculptures et les peintures possédaient une puissance mystérieuse. En dessinant un homme ou un animal, les premiers hommes pensaient acquérir un pouvoir sur lui. Ils peignaient et sculptaient pour obtenir quelque chose et pour se protéger des mauvais esprits. En dessinant un bison, le chasseur croyait favoriser sa capture. Ces créations magiques étaient réalisées à des fins utilitaires.

Les premières sculptures

Il y a plus de 20 000 ans, des hommes sculptent des statuettes en pierre ou en ivoire. Elles représentent des femmes, avec un ventre, des seins et des fesses énormes ! Ces statues étaient sans doute sculptées pour favoriser la fertilité.

La fertilité est essentielle pour la survie des premiers hommes : fertilité de la femme qui en donnant naissance à ses enfants assure la descendance et fertilité de la terre qui offre une cueillette aisée.

L'art peut être involontaire

De nombreuses petites statues préhistoriques ressemblent à la *Vénus de Willendorf*. Elles n'ont sans doute pas été créées pour être regardées ou pour décorer. Les hommes qui les ont sculptées n'avaient probablement pas d'intention artistique. Mais depuis leur découverte récente, ces statuettes ont été admirées par les experts et sont aujourd'hui considérées comme des œuvres d'art. L'art est donc lié aux œuvres. Mais qu'est-ce qu'une œuvre d'art ?

Apprendre à aimer l'art

La *Vénus de Willendorf* ne représente pas une belle femme et pourtant, c'est une belle sculpture. En art, ce sont la création et l'exécution qui importent. Un sujet n'est pas nécessairement beau ni agréable. On peut bien sûr ne pas aimer une œuvre d'art, par contre, il est nécessaire de se demander pourquoi elle est exposée dans un musée ou reproduite dans un livre. Certaines œuvres sont plus difficiles à comprendre. Il en est ainsi de la *Vénus de*

Vénus est la déesse romaine de la beauté et de l'amour. Ce nom a été attribué à ce type de statuettes au début du XXe siècle.

Willendorf comme de certaines œuvres de Picasso. La connaissance permet d'apprécier les difficultés et les prouesses techniques, d'admirer la création et de ressentir une émotion.

LA *VÉNUS DE WILLENDORF*

C'est en Autriche, à Willendorf, qu'a été découverte en 1908 une petite statue, haute de 11 cm. Elle est sculptée dans du calcaire, et porte encore des traces de coloration rouge. Son visage est caché derrière une chevelure composée de tresses, qui accentue la rondeur de sa tête. Parce qu'elle est sans visage, elle peut représenter toutes les mères. Ses bras, repliés sur sa poitrrine, et ses jambes sont anormalement petits. À l'inverse, ses seins et son ventre sont protubérants. À cause de cette féminité caricaturale, les chercheurs lui ont donné le nom de Vénus, la *Vénus de Willendorf*. La statuette est si compacte qu'en dépit de sa petite taille elle donne une impression de force. Sa forme générale tient dans un losange. La plus célèbre statue préhistorique a plus de 20 000 ans !

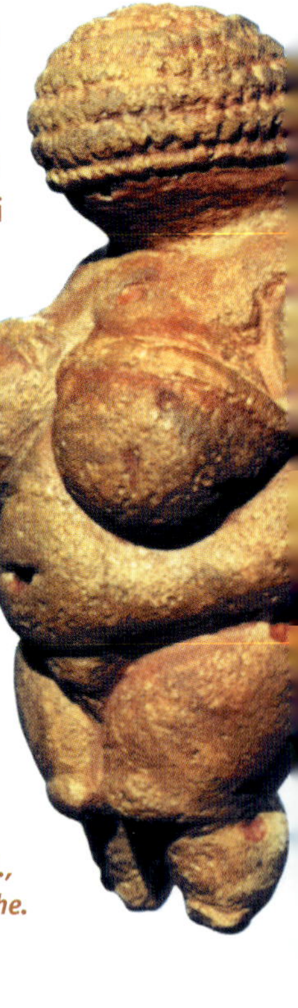

La* Vénus de Willendorf*, 20000 avant J.-C., Muséum d'histoire naturelle, Vienne, Autriche.

Les premières peintures

Ce sont dans des grottes que furent découvertes les premières peintures. Elles datent de plus de 30 000 ans. Les hommes préhistoriques gravaient des silhouettes et des traits à l'aide d'une pierre pointue. Ils avaient sans doute découvert l'utilisation de la couleur par hasard. Peut-être est-ce une main couverte d'argile appliquée sur un mur qui a laissé son empreinte ?
Les plus spectaculaires peintures sont des œuvres polychromes, réalisées à l'aide de plusieurs outils.

Des motifs variés

Certains dessins représentent des hommes, il y a aussi des motifs géométriques, mais ce sont surtout des animaux que l'on découvre dans ces grottes : des rennes, des cerfs, des bouquetins, des bisons, des chevaux, des taureaux, des mammouths...
Chasseurs, les hommes qui dessinaient ces animaux connaissaient bien leur anatomie ! Parfois, ils cachaient les imperfections de la grotte ou en décoraient des parties difficilement accessibles. Ils se servaient alors d'éléments naturels comme un renfoncement de la paroi ou une roche dont la forme leur rappelait un animal... Abritées de la lumière, de l'air et des intempéries, ces peintures sont souvent admirablement conservées.

La peinture sur des parois de grottes se nomme peinture pariétale du mot paroi ou rupestre, du latin *rupes* qui signifie roche.

La polychromie indique la présence de plusieurs couleurs. Les teintes naturelles de cette époque sont le noir obtenu avec du charbon de bois, le rouge avec de l'oxyde de fer (la rouille), le jaune et le brun avec de l'argile. Ces matières étaient broyées dans un mortier en pierre. On y ajoutait un liant : de l'eau, de la graisse, de l'huile, parfois de l'urine ou de la salive.

Les outils utilisés sont les doigts, les mains, les tampons (avec des feuilles par exemple), les bâtons, les plumes, les poils d'animaux... Parfois la couleur était appliquée en soufflant dans un tube.

LA GROTTE DE LASCAUX

Quatre adolescents découvrent le 12 septembre 1940 une grotte aux parois richement décorées d'animaux et de signes. Cette grotte est l'une des plus célèbres. Sur un pan de mur coloré, un taureau et un cheval sont peints en noir. On distingue d'autres animaux, de dimensions plus réduites, un cerf, un cheval, des bouquetins.
La scène est très vivante du fait de ces tailles variées mais surtout grâce aux mouvements de leurs courses en tous sens. Le peintre a essayé d'être réaliste. Le trait de contour du taureau au premier plan est précis. Le cheval est moins net pour traduire son éloignement.

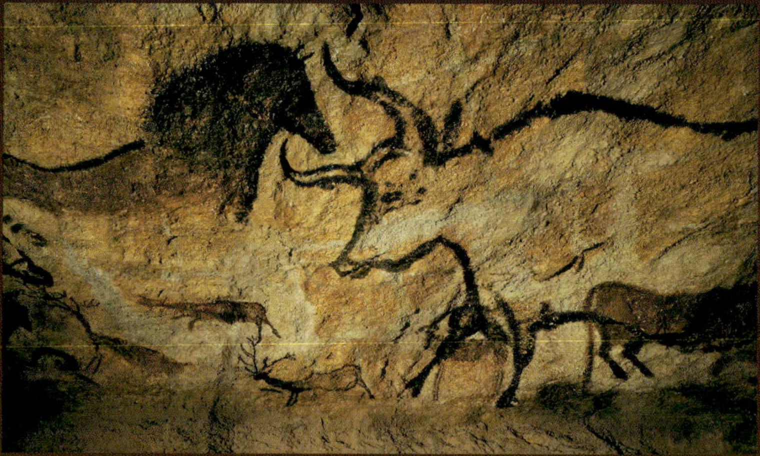

Grotte de Lascaux, vers 15000 avant J.-C., Périgord, France.

En dessin, la réalité est déformée pour obtenir une perception correcte. Selon les points de vue, il faut raccourcir ou rallonger les proportions, éclaircir ou assombrir les couleurs.

Peintures magiques ou sacrées ?

Certaines peintures se trouvent dans une galerie si étroite qu'un seul homme pouvait s'y tenir. Sans doute peignait-il pour lui-même, dans l'espoir d'obtenir un pouvoir magique sur les animaux afin de les chasser plus facilement.

Parfois, les motifs décorent une véritable salle, de manière symétrique et organisée. Cela évoque un lieu de réunion, comme un lieu de culte. Les peintures étaient peut-être réalisées pour des rites sacrés.

Datant de 30 000 ans avant J.-C., la grotte Chauvet en Ardèche est sans doute la plus ancienne grotte décorée de peintures rupestres. La grotte d'Altamira en Espagne date de la même période que Lascaux (17000 avant J.-C.) et est décorée de bisons admirables. On trouve aussi des peintures rupestres dans le Sahara algérien. À l'époque préhistorique, le désert du Tassili était une région très peuplée et verdoyante.

Une influence culturelle

L'écriture n'existant pas encore, ces créations ont certainement exercé une forte influence sur les hommes. Elles ont dû renforcer leur sentiment d'appartenance à une tribu. Leur technique d'exécution se transmettait localement puisque dans une même région on trouve des décors et des façons de faire similaires.

Ruptures chronologiques...

L'histoire de l'art n'est pas linéaire. Ce n'est pas une simple évolution de la préhistoire à nos jours, liée à la transmission progressive d'un savoir-faire. On ne trouve pas d'influence directe de l'art préhistorique sur l'art égyptien, grec ou romain.

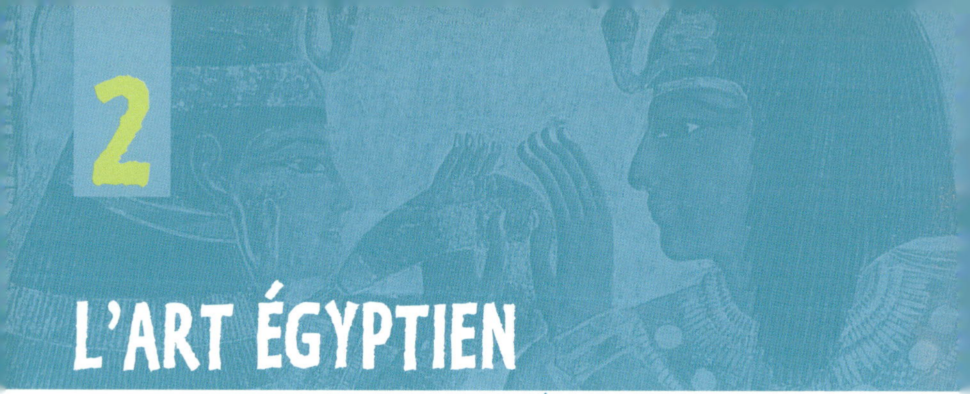

2

L'ART ÉGYPTIEN

Un art conçu pour l'éternité

De 3000 à 300 avant J.-C.

Le pays des pharaons

Des hommes s'installent le long du Nil, ce beau fleuve aux rives fertiles. L'Égypte devient un royaume puissant et stable, c'est la période de l'Ancien Empire. Le roi y est considéré comme un être divin, on le nomme pharaon. La légende veut qu'Osiris ait été le premier pharaon. Fils de Nout, la déesse du ciel et de Geb, le dieu de la terre, Osiris est assassiné par son frère. Sa femme, Isis, lui redonne vie. Ayant déjoué la mort, Osiris devient le dieu du royaume de la vie éternelle, y accueillant ceux qui ont accompli les rites mortuaires et dont le cœur est plus léger qu'une plume.

On distingue quatre grandes époques qui couvrent l'antiquité égyptienne, séparées par des périodes de troubles :
- L'Ancien Empire : 2700 à 2260 avant J.-C.
- Le Moyen Empire : 2033 à 1710 avant J.-C.
- Le Nouvel Empire : 1550 à 1069 avant J.-C.
- La Basse Époque : 664 à 332 avant J.-C.

Son fils, Horus, l'homme à tête de faucon, devient pharaon à son tour.

L'importance des images

Les Égyptiens attachent beaucoup d'importance aux images. Ils dessinent pour faciliter la reconnaissance immédiate de ce qu'ils désignent. Ils inventent des dieux avec un corps d'homme et une

LES RÈGLES DE L'ART ÉGYPTIEN

- Les peintres égyptiens observent des **règles strictes**.
- Ils exécutent les dessins sur **un quadrillage qui définit les proportions** de la tête, des bras, du torse et des jambes.
- Les **vues de profil, de face ou aérienne sont déterminées à l'avance,** selon leur facilité de reconnaissance. Les peintres dessinent toujours le nez de profil puisqu'on le reconnaît mieux ainsi que de face. Ils représentent un personnage avec la tête, le nez, les bras et les jambes vus de profil, alors que l'œil, le torse et les hanches sont vus de face. Une rivière est représentée par un long rectangle, comme une vue aérienne, alors que les poissons qu'elle contient le sont de profil. Les **contours** sont tracés avec des lignes simples, les **formes** sont élémentaires et remplies avec des aplats de couleurs vives.

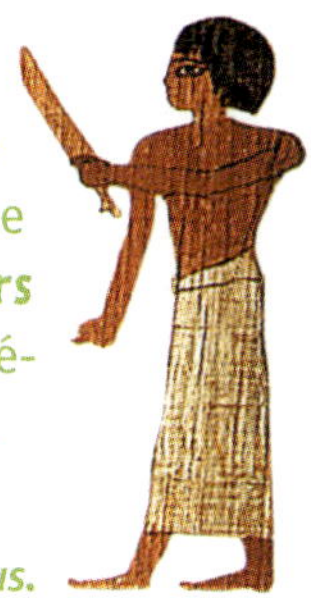

Extrait du **Livre des morts.** *Papyrus.*

LE DÉFI DES PYRAMIDES

→ Le roi Kheops accède au trône vers 2600 avant J.-C. Il embauche aussitôt 20 000 hommes pour construire la pyramide qui lui servira de tombeau. Les ouvriers apportent en traîneaux des blocs de pierre qui proviennent de la rive est du Nil. Chaque bloc pèse plus de deux tonnes. La chaleur et la poussière sont difficilement supportables. Pour atteindre la hauteur de près de 147 mètres, il leur faut poser plus de 2 millions de blocs !

→ Vingt ans plus tard, les côtés de la pyramide montent selon une inclinaison de 51° 50′ 40″, les interstices entre les pierres ne dépassent jamais 5 millimètres. La partie supérieure est recouverte de calcaire blanc. Sa pointe, désignant le ciel, est revêtue d'un mélange d'or et d'argent pour aider le roi Kheops à trouver son chemin lors de son ascension finale. À la mort du roi, son corps est recouvert de baumes, puis de bandelettes, car pour les Égyptiens, il faut conserver le corps pour que l'esprit puisse vivre. Puis la momie est introduite dans un cercueil appelé sarcophage. À l'intérieur, comme dans la chambre mortuaire, des objets, des portraits et des rouleaux de prières sont disposés pour l'accompagner durant son voyage.

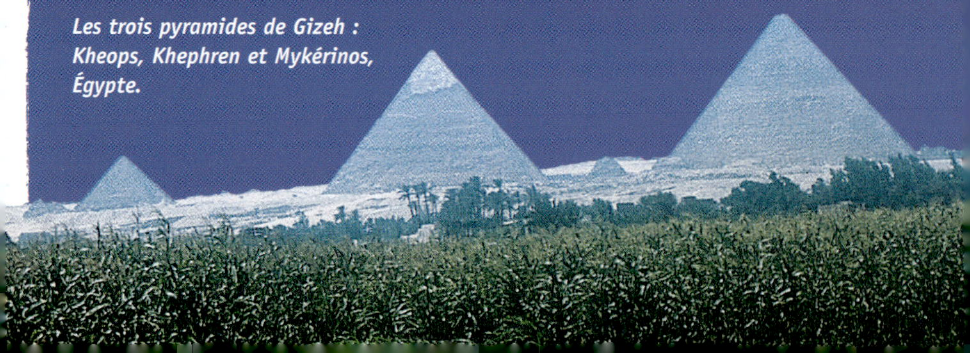

Les trois pyramides de Gizeh : Kheops, Khephren et Mykérinos, Égypte.

tête de faucon, de chacal, d'ibis ou de chat. Ils connaissent l'anatomie, mais ils ne cherchent pas à être réalistes. Ils favorisent l'identification de leurs messages.

Le sens du détail

De nombreux panneaux sculptés ou peints ont été retrouvés dans les tombes. Pour assurer l'éternité à l'esprit du mort, rien ne doit être oublié, ni de quoi nourrir le corps, ni les offrandes aux dieux, ni les prières pour les honorer. Tout doit être représenté. Même les serviteurs du mort figurent en petit sur les panneaux. Chaque couleur a une signification. Le rouge est signe de force, de pouvoir et de vie. Le bleu et le vert évoquent le Nil. Le jaune est solaire, il symbolise la chaleur, la lumière, le rayonnement.

Pour respecter l'ordre social, les serviteurs sont dessinés plus petits que leur maître. Même la taille des dieux varie en fonction de leur importance.

La déesse Hathor accueille le roi Séthi Ier

Le Français Champollion rapporta un bas-relief de la Vallée des Rois, le magnifique sanctuaire où se faisaient enterrer les pharaons du Nouvel Empire. Le roi Séthi Ier y est représenté à son entrée au royaume des morts, le front orné du cobra royal. Il est accueilli par la déesse Hathor, chargée d'accompagner les nouveaux arrivants. Sur sa tête, la déesse porte le disque solaire encadré des cornes de vache.

J.-F. Champollion déchiffra les hiéroglyphes en 1822 sur la pierre de Rosette ramenée d'Égypte par l'expédition commanditée par Napoléon Bonaparte.

Un bas-relief est une sculpture légèrement en relief par rapport à son support.

Les cartouches sont les rectangles arrondis contenant le nom des pharaons et des dieux.

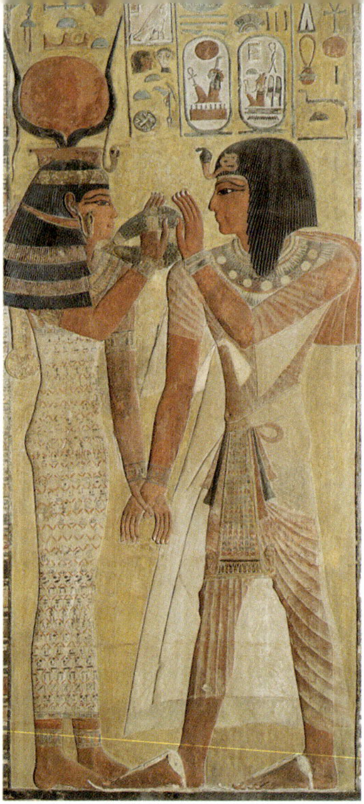

Séthi Ier et Hathor,
XIIIe siècle av. J.-C.,
musée du Louvre, Paris.

Elle tend au roi un collier protecteur et lui prend chaleureusement la main. Audessus de Séthi Ier, des cartouches dévoilent l'identité des deux personnages. Les habits, les bijoux et les gestes témoignent du raffinement extrême de la civilisation égyptienne.

Une faible évolution artistique

L'art égyptien a peu évolué en trois mille ans, sauf sous le règne du pharaon Aménophis IV (Akhenaton), l'époux de Néfertiti, qui abandonna l'adoration de plus de 700 divinités au profit du seul culte d'Aton, le dieu solaire. Sous les autres rois, les règles strictes ont figé le développement de l'art égyptien.

LA CHANTEUSE TAMOUTNEFRET

Pour les Égyptiens, la chanteuse Tamoutnefret a un rôle essentiel car elle chante pour honorer le dieu Amon. À sa mort, elle est enterrée comme une déesse. Sa momie, recouverte d'une « couverture » en bois ajouré, a été enfermée dans deux cercueils. Ces trois enveloppes reproduisent son visage. L'utilisation de l'or pour restituer la couleur de sa peau témoigne de son prestige. Encadré de la traditionnelle perruque noire et bordé d'une large natte, son beau visage, aux traits fins et réguliers, est serein. Elle croise les bras avec modestie, confiante dans l'avenir, des divinités la protègent : Nout, Thot, Anubis, Hapi... Ces dieux sont peints sur ses cercueils. On y trouve également des hiéroglyphes qui expriment le souhait de Tamoutnefret de devenir une étoile pour l'éternité.

Le bois ajouré est creusé en certains endroits. Sur cette « couverture », c'est la partie inférieure qui est sculptée.

Les principaux dieux sont : Amon, le père des dieux ; Rê, dieu solaire ; Ptah, créateur du cosmos ; Nout, divinité du ciel ; Thot, dieu de la parole créatrice, de l'écriture et du calcul ; Anubis, dieu des morts ; Isis, la déesse mère ; Osiris, dieu de l'agriculture et de la vie éternelle...

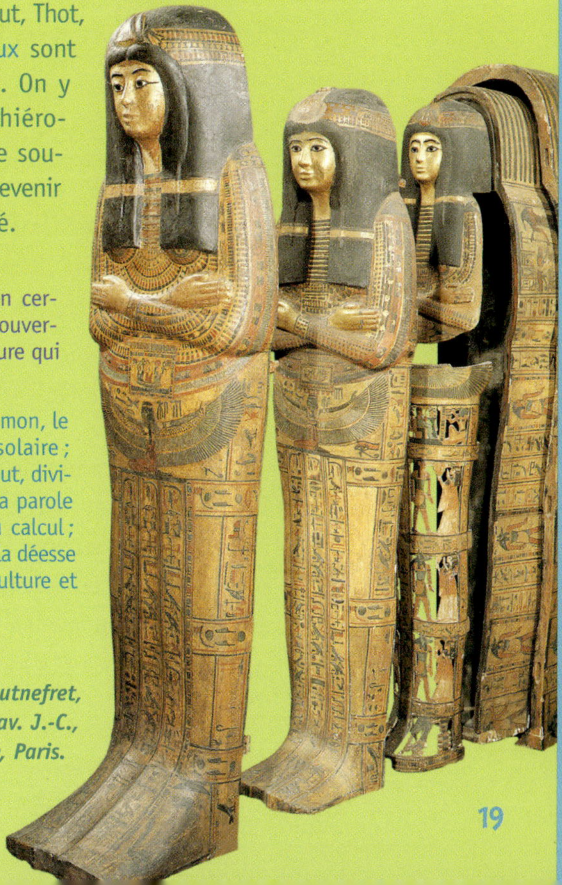

Les cercueils de Tamoutnefret, vers 1069-945 av. J.-C., musée du Louvre, Paris.

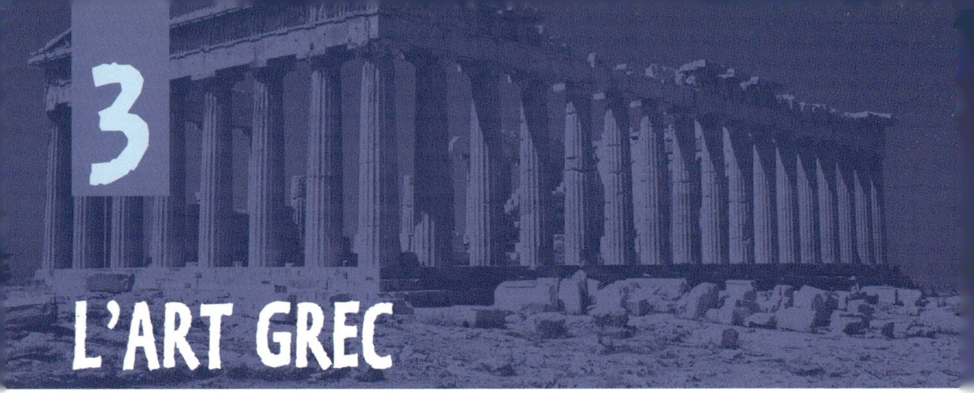

3

L'ART GREC

Archaïque, classique et hellénistique

Du VIIe au Ier siècle avant J.-C.

L'art grec archaïque

Chaque temple est dédié à un dieu, représenté par une statue située au centre. Seuls les prêtres sont autorisés à y pénétrer. Lors des cérémonies, l'absence de mur permet aux participants de voir la statue.

Le fronton est l'ornement triangulaire qui couronne la façade des temples.

Du VIIe au VIe siècle avant J.-C., les villes connaissent des périodes de richesse puis de pauvreté au gré des invasions. Pendant les périodes fastes, des ambassadeurs sont envoyés en Égypte et en rapportent les règles de l'art égyptien. Peintres et sculpteurs grecs les intègrent, sans s'y contraindre. L'art grec archaïque est caractérisé par une recherche de simplicité. La pierre remplace peu à peu le bois. C'est à cette période que sont construits les premiers temples grecs, dont l'architecture se distingue par des colonnes et un fronton. Au centre des temples, se dresse la haute statue d'un dieu.

L'invention du raccourci

C'est aussi l'âge d'or de la céramique. Les poteries à fond rouge, puis à décor rouge sur fond noir, mettent en scène des dieux et des hommes illustres. Considérant les règles égyptiennes comme des guides et non comme des lois, les artistes s'en affranchissent. Bientôt, un bras disparaît derrière un torse, une jambe est cachée par l'autre et surtout, pour la première fois, les pieds sont représentés de face. Pour cela, il a fallu raccourcir les proportions et tenir compte de l'angle de vue. L'art est en pleine évolution.

Périclès (vers 495-429 av. J.-C.) est un grand homme d'État athénien qui favorisa la démocratie, l'essor artistique et la lutte contre la Perse et Sparte.

La période classique

Au Ve siècle avant J.-C., Athènes est devenue une puissante démocratie. Philosophes, scientifiques, architectes, sculpteurs, peintres, tous participent à la vie de l'État. C'est le début de la période classique, caractérisée par son essor artistique. Périclès fait construire un temple à Olympie, vers 470 avant J.-C. où

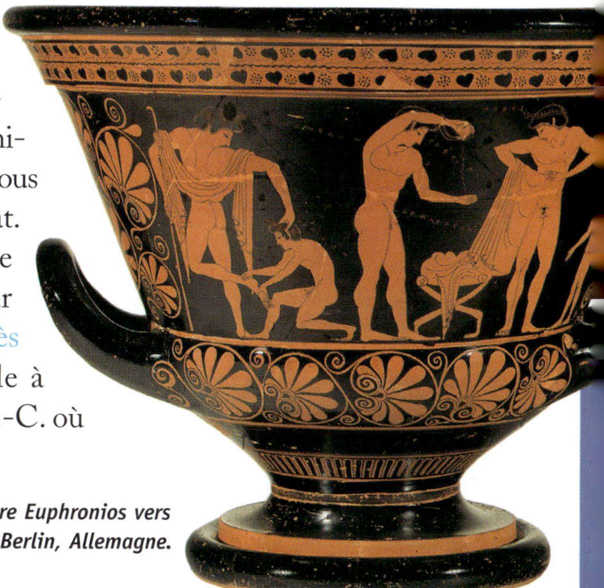

Cratère attribué au peintre Euphronios vers 510 avant J.-C., Antikenmuseum, Berlin, Allemagne.

l'on organise les Jeux olympiques. Les statues, souvent réalisées en bronze, n'ont plus rien de la raideur égyptienne. Elles représentent des champions, aux yeux incrustés de pierre de couleur, dont le corps musclé est sculpté en plein mouvement. Magnifiques, les athlètes semblent bien avoir été désignés par les dieux. Les sujets représentent de plus en plus la vie quotidienne et le raffinement devient plus grand.

Les sujets ne sont plus nécessairement les dieux et les héros. Une jeune servante, un conducteur de char, un atelier de sculpture ou des scènes de nourrice sont désormais fréquentes.

La période hellénistique

Sous le règne d'Alexandre le Grand (356 à 323 avant J.-C.), l'Empire grec s'étend jusqu'en Asie centrale, en Égypte et en Inde. L'art continue son évolution vers toujours plus de légèreté et de naturel. Cette période de grâce, dite période hellénistique, durera du IVe au Ier siècle avant J.-C.
Les artistes emploient toujours leur virtuosité à concevoir et à décorer les temples, mais ils s'intéressent de plus en plus aux scènes de la vie quotidienne comme la représentation de la vie familiale, de la campagne, des métiers ou d'une scène de théâtre. Ils se mettent également aux portraits…

Alexandre le Grand, roi de Macédoine, assujettit la Grèce en révolte et étend son empire à la Perse, la Syrie, l'Égypte où il crée une ville à laquelle il donne son nom, Alexandrie, et l'Inde. Son empire, dont le siège est à Babylone, sera divisé, à sa mort, entre ses généraux.

Une grâce qui enchante le monde

L'un des artistes les plus connus de la période hellénistique est Praxitèle (IVe siècle avant J-C.). La beauté, le charme, la douceur de ses sculptures, dont

Praxitèle est un sculpteur grec qui a exercé une forte influence sur ses contemporains. Ses œuvres nous sont connues par les abondantes copies romaines qui en ont été faites.

LE CHEF-D'ŒUVRE DU PARTHÉNON

Vers 450 avant J.-C., Périclès confie à l'architecte Iktinos et au sculpteur Phidias **la reconstruction du temple du Parthénon**, situé sur l'Acropole, la colline qui surplombe Athènes. Périclès souhaite que cet édifice se voit de toute la ville. **Dédié à Athéna, la déesse de la sagesse,** des arts et de la science, le temple d'Athéna Parthénos doit atteindre une splendeur inégalée. Les hautes colonnes doriques en marbre blanc et les admirables frises en bas-relief qui décorent les murs sont à la hauteur de son ambition. Au centre se dresse une immense statue en bois de plus de onze mètres de haut. Elle est recouverte d'ivoire, de pierres précieuses et d'or. Le sculpteur Phidias s'est servi des draperies pour mieux évoquer le corps d'Athéna, son genou fléchi semble frémir derrière les plis de sa robe. La beauté et la douceur de la statue sont tellement saisissantes qu'elle paraît habitée par la déesse. Sa vue inspire une réelle vénération, accentuée par le scintillement de l'or et des pierreries. Cette sculpture originale et de nombreuses autres ont disparu, détruites par les premiers chrétiens qui voyaient en elles non pas de l'art mais des idoles à combattre.

Les colonnes doriques sont les colonnes dont le haut (le chapiteau) est orné d'un simple coussin arrondi.
Les statues en bois recouvertes d'ivoire, d'or et de pierres précieuses sont alors très en vogue. Cette technique délicate et coûteuse se nomme chryséléphantine.

Le temple du parthénon, 447-432 avant J.-C., Athènes, Grèce.

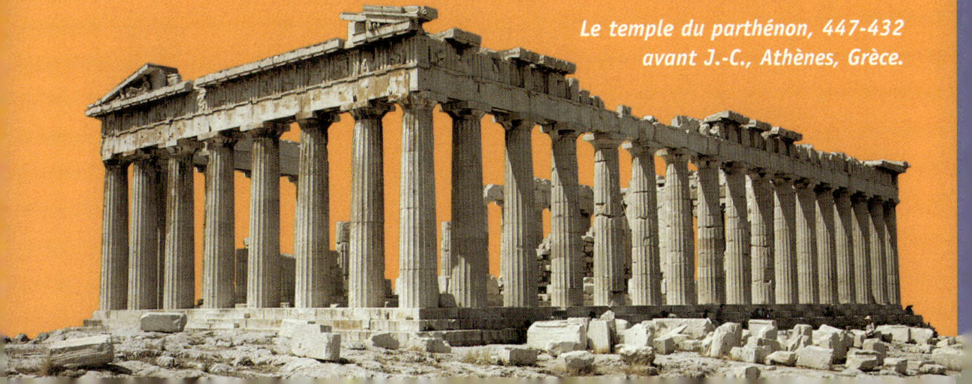

les corps donnent l'illusion de la vie, sont chantés dans de nombreux poèmes.

La beauté de l'art grec est si manifeste que les prix des œuvres ne cessent de grimper ! Les premiers collectionneurs achètent des sculptures pour leur demeure privée. De nombreux amateurs, hor-

L'acanthe est une plante méditerranéenne dont les longues feuilles très découpées sont particulièrement décoratives.

LES TROIS ORDRES

L'architecture grecque a principalement évolué à travers le style de ses colonnes.

L'ordre dorique (VIe avant J.-C.), possède un chapiteau orné d'un simple coussin et des colonnes cannelées à arêtes vives, sans base.

L'ordre ionique (560 avant J.-C.) est caractérisé par un chapiteau orné de deux volutes et des colonnes cannelées, plus fines, plus hautes, qui reposent sur une base moulurée.

L'ordre corinthien (milieu du Ve) se reconnaît à ses chapiteaux ornés de deux rangées de feuilles d'acanthe et à sa profusion d'ornements.

L'architecte romain Vitruve (Ier siècle avant J.-C.), décrira les 3 ordres. Son livre aura une forte influence auprès des artistes de la Renaissance.

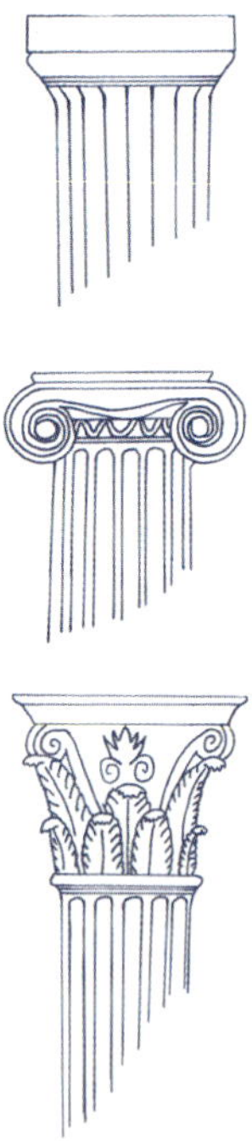

De haut en bas : l'ordre dorique, l'ordre ionique et l'ordre corinthien.

LA VÉNUS DE MILO

Cette magnifique statue en marbre blanc, haute de près de 2,50 m, est constituée de deux blocs dont la jointure invisible, cachée par les plis du drapé, se fait au niveau des hanches. Sculptée en 100 avant J.-C., elle incarne parfaitement la beauté grecque et **l'idéal du corps féminin**. Le visage fier ne laisse transparaître aucune émotion. Les Grecs s'interdisaient de donner au visage une expression trop précise pour ne pas nuire à sa régularité. Seul le corps délivre un peu de son mystère. Le torse est vibrant de douceur et le mouvement des jambes laisse deviner la sensualité. La nature humaine y est idéalisée tant par la beauté corporelle que par l'expression retenue du visage.

→ Découverte en 1820 dans l'île de Milo, la statue n'est pas formellement identifiée. Représente-t-elle Aphrodite, la déesse de l'amour, ou Amphitrite, la déesse de la mer qui protégeait Milo ?

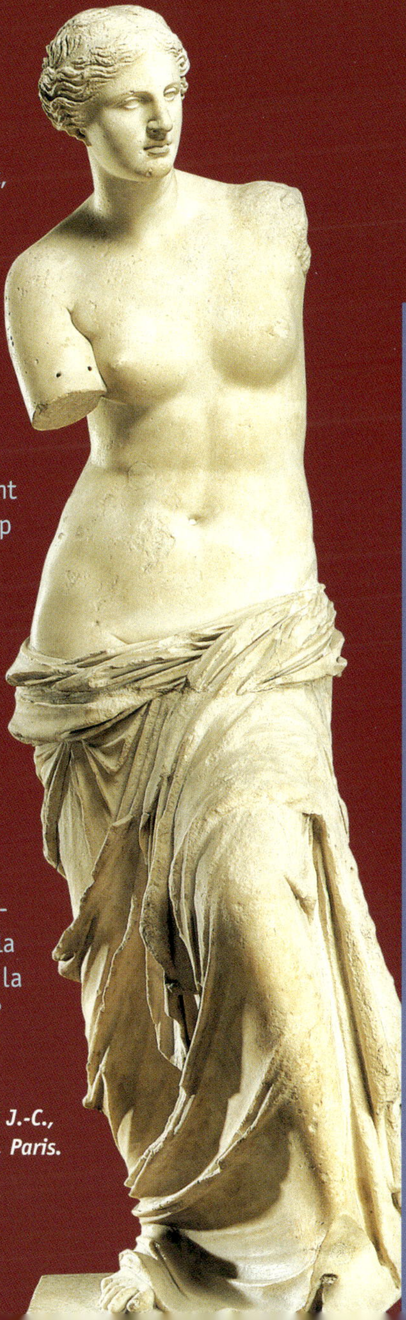

Vénus de Milo, ***100 avant J.-C., musée du Louvre, Paris.***

rifiés par les tarifs exorbitants, se procurent des copies. L'influence de l'art, de la langue et de la culture grecs gagne bientôt la moitié du globe.

Le déclin de l'art grec

Alors que l'art grec se répand à travers le monde, que des artistes grecs partent travailler loin de leur terre natale et que le nombre de collectionneurs et d'amateurs ne cesse de croître, la Grèce est concentrée sur sa lutte contre les Macédoniens. Sur place, les commandes auprès des artistes diminuent, l'art s'étiole, le pays souffre. Les Grecs s'allient aux Romains, et les deux armées obtiennent la victoire contre l'empire de Macédoine.
Devenus indispensables aux Grecs, les Romains prennent peu à peu le contrôle du pays. Sur le plan artistique, cela annonce le déclin de l'art grec. Ce sont désormais les Romains qui décident des chantiers artistiques. Ils entreprennent de grands travaux dans les villes et copient de nombreuses œuvres grecques des siècles précédents.

PENDANT CE TEMPS, EN CHINE…

En 1974, des paysans chinois découvrent **une armée en terre cuite** en creusant un puits à proximité de la ville de Xian. Quel choc de se retrouver face à des soldats, plus grands que nature, sculptés dans une attitude de combat… **près de 7 000 guerriers** : des archers, des cavaliers, des chevaux, des chars ! Les corps sont moulés dans des attitudes différentes. Certains guerriers, issus du même moule, se ressemblent, mais chacun a un visage et une expression distincts. Magnifiques œuvres d'art, ces soldats gardent le **tombeau de l'empereur Qin Shi Huang Di** qui unifia la Chine en 221 avant J.-C. et fit construire la Grande Muraille. L'empereur a fait sculpter une armée identique à la sienne. Il a fallu près de quarante ans pour construire son mausolée et pas moins de **700 000 ouvriers** ! Aujourd'hui, la propre tombe de Qin Shi Huang Di n'est toujours pas ouverte. Est-ce par respect artistique afin de protéger les couleurs des statues ou par crainte de troubler le repos de l'empereur ?

Un mausolée est un monument qui abrite une tombe et dont l'architecture est souvent somptueuse.

Les guerriers de Xian, IIIe siècle avant J.-C., Xian, Chine.

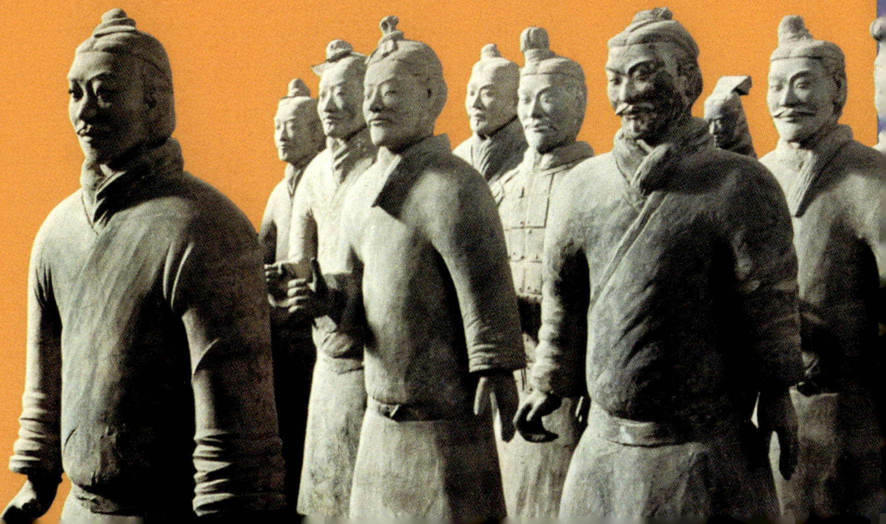

4

L'ART ROMAIN

Grandeur, ambition, réalisme

Du Ier siècle avant J.-C. au IVe siècle après J.-C.

L'esprit de conquête

Romulus et son frère Remus auraient été jetés dans le Tibre, pour les écarter du pouvoir. Sauvés par une louve, ils auraient été recueillis par un berger. Cette légende sera abondamment illustrée par l'art romain.

C'est en 753 avant notre ère que la ville de Rome aurait été fondée par Romulus. Les conquêtes militaires se succèdent. En 250 avant J.-C., les frontières sont quasiment celles de l'Italie actuelle. Cinquante ans plus tard, l'Espagne passe sous la domination de l'Empire romain. Puis, les Romains conquièrent la Grèce, l'Afrique du Nord, la Gaule, l'Angleterre et enfin l'Égypte. L'Empire romain atteint son apogée en 117 après J.-C. Pendant cette période, les chefs romains poursuivent une politique de grands travaux et favorisent la circulation de la production artistique entre les régions.

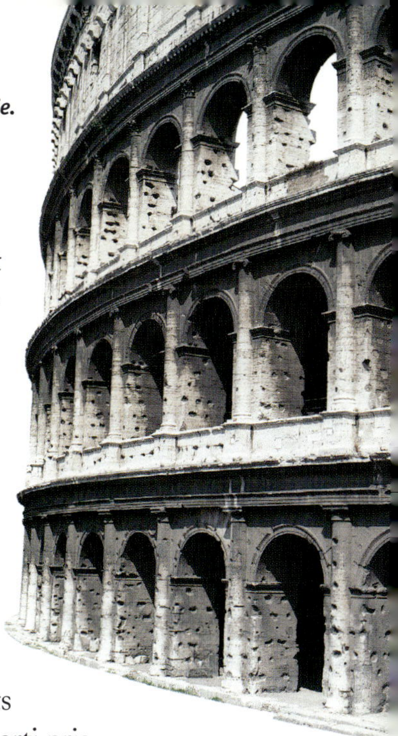

Le Colisée, 80 après J.-C., Rome, Italie.

De grands bâtisseurs

En architecture, les Romains expriment leurs ambitions dans des constructions massives. Ponts, aqueducs, fortifications, routes, temples, places publiques, amphithéâtres, arcs de triomphe… Les architectes romains s'appuient sur les techniques de construction locales et adaptent les styles et les méthodes à leurs projets. Ils font soulever les blocs de pierre à l'aide de grues en bois, actionnées par des esclaves et ils utilisent du ciment dans leurs constructions. Pour alléger leurs bâtiments majestueux, ils ont recours aux arcades, un parti pris nouveau dans lequel ils excellent.

La modernité de Rome

En 50 après J.-C., Rome est la plus grande ville du monde. Ses rues pavées se croisent à angle droit et les plus importantes possèdent de larges trottoirs. Un aqueduc conduit l'eau aux fontaines, aux thermes et aux riches villas des notables. Pour accueillir les jeux du cirque, l'empereur Titus fait achever le Colisée (80 après J.-C.) qui peut accueillir 50 000 spectateurs. Les gradins s'appuient sur trois

Un aqueduc permet d'acheminer l'eau grâce à un système de canaux et de tuyaux.

Un amphithéâtre est une arène, entourée de gradins, qui accueille les combats de gladiateurs et de fauves.

Les arcades sont des arcs de cercle reposant sur des piliers.

Les thermes sont des bains publics.

rangées d'arcades qui reprennent les trois ordres grecs, dorique, ionique et corinthien. Le Panthéon, temple de tous les dieux, est achevé un peu plus tard sous l'empereur Hadrien. Il est pourvu d'une immense coupole de 43 mètres de diamètre. Un véritable exploit !

L'amour de l'art

Les Romains fortunés ont à cœur d'embellir leurs villas. Ils en possèdent souvent deux, l'une en ville, l'autre à la campagne ou au bord de la mer. Ils en décorent les sols de mosaïques et les murs de peintures. Les sujets représentent des scènes de théâtre, des éléments d'architecture et même des paysages, très rares jusqu'alors. Pour parfaire l'ensemble, des statues originales ou des copies sont disposées dans les jardins et dans les pièces de réception. Les meubles gagnent en élégance. En bois, en marbre ou même en bronze, ils sont incrustés d'ivoire et de pierres semi-précieuses.

Les trésors de Pompéi

De riches familles romaines se retrouvent l'été dans les environs de Naples, à Pompéi. Elles se font surprendre en 79 après J.-C. par une éruption du volcan voisin, le Vésuve. Des plats cuisaient dans les maisons, des enfants jouaient, les commerçants travaillaient, lorsque la vie s'est arrêtée.

La ville, ensevelie sous les cendres, est restée quasiment intacte. Fouillée à partir du XVIIIe siècle, Pompéi a dévoilé, parmi ses trésors, des sols en mosaïque et surtout de nombreuses fresques.

Une fresque est une peinture murale, réalisée sur un enduit frais, avec des pigments de couleurs.

LES MYSTÈRES DE DIONYSOS

Dionysos, le dieu grec de la fête, du vin, de la musique et du théâtre, est appelé Bacchus par les Romains. Ils l'invoquent lors du passage de l'enfance à l'âge adulte. Cette scène, peinte sur une fresque retrouvée à Pompéi, est très vivante par sa composition et sa coloration subtile.

La gracieuse servante, en rapportant le plat, jette un regard en arrière vers l'enfant, concentré sur sa lecture. La femme debout, main sur la hanche, semble écouter celui-ci avec bienveillance. Les tons chauds créent une atmosphère intime.

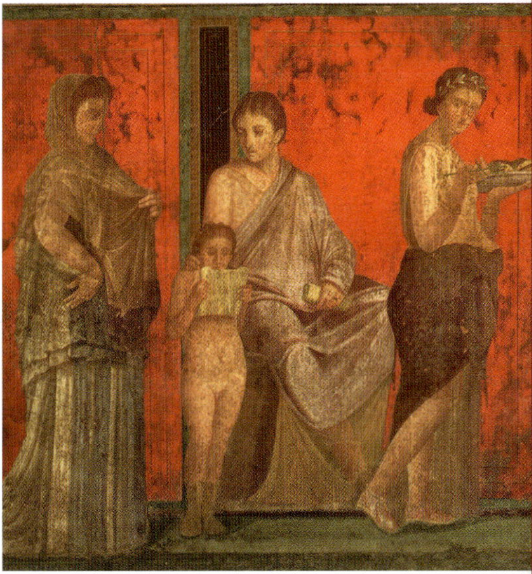

Villa des Mystères, fresque, Ier siècle après J.-C., musée du Louvre, Paris.

Le souci de la vérité

Les peintres et les sculpteurs romains ont poursuivi un objectif de sincérité, qu'il s'agisse de retracer une scène de culte sur une fresque, une victoire militaire sur une colonne ou encore d'exécuter un buste. Les portraits deviennent de vrais témoignages. Tous les défauts sont maintenus : un front fuyant, des lèvres trop minces ou un visage ridé. Le visage de l'empereur n'est pas davantage idéalisé. Son portrait est exposé dans des lieux publics comme les théâtres, le forum ou la basilica, pour rappeler au peuple l'autorité romaine, notamment dans les terres nouvellement conquises.

Le forum est la place où la foule se rassemble pour discuter et faire des affaires.

La basilica est l'endroit où se tiennent les réunions publiques sur la place du forum. Ce bâtiment servait de tribunal, de mairie et de lieu de rencontre.

La poursuite de l'essor artistique

De l'Occident jusqu'à l'Orient, la maîtrise des portraits et le style architectural, caractérisé autant par la taille gigantesque des monuments publics que par l'usage des arcades, apportent à l'art un véritable élan. Les Romains ont ainsi poursuivi le développement artistique initié par les Égyptiens et prolongé par les Grecs.

Pour mieux défendre ses frontières, l'empereur romain Constantin décide de créer une nouvelle capitale. Il choisit l'emplacement de Byzance et y construit une ville à laquelle il donne son nom : Constantinople. L'art, la culture et la langue y sont grecques. En 313, Constantin établit la liberté

Envahie par les Turcs en 1453, la ville prend alors le nom d'Istanbul. C'est aujourd'hui la capitale de la Turquie.

religieuse, puis désigne le christianisme comme religion officielle de l'Empire. En 476, envahi par les Barbares, l'Empire romain d'Occident s'écroule. Seul subsiste l'Empire byzantin.

LE PORTRAIT D'HADRIEN

Né en 76 après J.-C., Hadrien devient empereur à 41 ans. C'est un homme sérieux, esthète, cultivé et curieux. Sur cette sculpture en bronze, il porte une coiffure bouclée et une barbe, ce qui est peu courant à l'époque. Ses yeux, notamment l'iris et la pupille, sont finement sculptés. C'est l'une des premières fois qu'un sculpteur abandonne la peinture de l'œil ou son incrustation avec une pierre semi-précieuse.
La force qui se dégage de ce portrait vient autant de sa beauté d'exécution que du réalisme de son expression. Contrairement aux Grecs qui aspiraient à des beautés lisses, les sculpteurs romains expriment dans les visages le caractère du modèle.

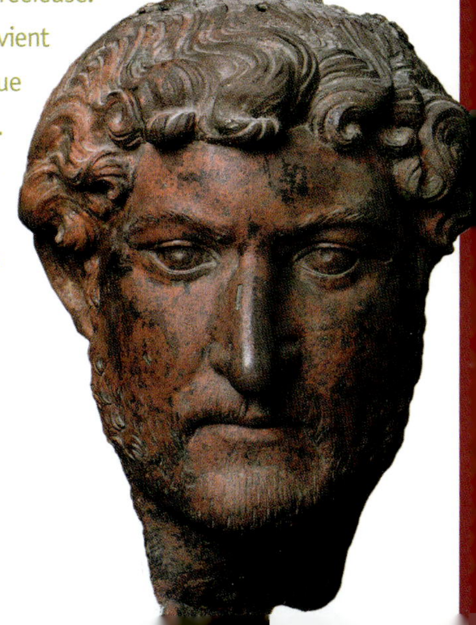

Portrait de l'empereur Hadrien, bronze à patine rouge, 140 après J.-C., musée du Louvre, Paris.

5

L'ART MÉDIÉVAL en Orient et en Occident

Du Ve au XIVe siècle

La construction des basiliques

Pour encourager la pratique religieuse, il faut désormais construire des lieux de culte chrétien. En effet, contrairement aux païens qui se rassemblaient à l'extérieur des temples, les chrétiens souhaitent se réunir à l'intérieur d'un lieu de prière. Le modèle architectural du temple ne convient plus. Les bâtisseurs s'inspirent alors de l'architecture de la basilique romaine.

L'architecture de la basilique comprend une grande salle rectangulaire, appelée nef, qui se termine par un demi-cercle nommé abside. Elle est flanquée dans le sens de la longueur de deux espaces plus étroits et plus bas de plafond, nommés nefs latérales.

La basilique Sainte-Sophie

À Constantinople, l'empereur Justinien (482-565) veut devenir le maître du monde chrétien. Il décide

de faire construire une immense basilique à laquelle il donne le nom de *Sophia,* qui veut dire sagesse en grec. La basilique Sainte-Sophie ou Hagia Sophia est bâtie très rapidement entre 532 et 537 par les architectes Anthémios de Tralles et Isidore de Millet. Elle est dotée d'une coupole gigantesque, d'un diamètre de 31,4 m, à plus de 55 mètres de hauteur. Pour compenser son poids, des petites coupoles ont été disposées tout autour.
L'architecture de la basilique Sainte-Sophie est radicalement nouvelle par sa forme et ses dimensions (la superficie totale est de 7 542 m^2). Ayant pris le contrôle du nord de l'Italie, Justinien y répand l'architecture byzantine. C'est ainsi que l'influence architecturale de Sainte-Sophie se retrouve dans la basilique Saint-Marc à Venise.

La basilique Sainte-Sophie a été transformée en mosquée en 1453 par le sultan Mehmet II, suite à l'invasion par les Turcs. Ses quatre minarets, attributs classiques des mosquées, datent du XVe. En 1935, le gouvernement de l'Atatürk en fit un musée.

Basilique Sainte-Sophie,* VIe *siècle, Istanbul, Turquie.

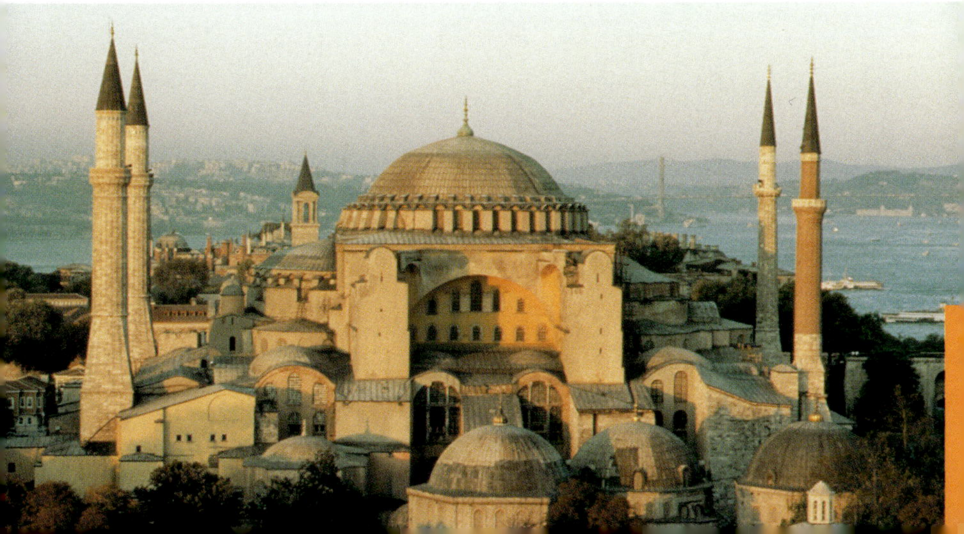

Décorer pour enseigner

La Bible est le livre saint des chrétiens. Elle est constituée de l'Ancien Testament qui raconte l'histoire du peuple juif et du Nouveau Testament qui relate l'enseignement et la vie du Christ.

Les symboles sont des signes figuratifs qui représentent une idée abstraite, comme le bien, le mal, la joie, la tristesse...

La décoration des basiliques est un sujet de polémique. En Occident, le pape Grégoire le Grand (540-604) défend l'idée que les statues et les peintures sur les murs des basiliques peuvent enseigner la Bible aux chrétiens illettrés. L'art sacré doit donc raconter les épisodes de la Bible, le plus simplement possible. La recherche de réalisme des artistes romains est abandonnée au profit de la clarté du message. La création devient symbolique.

Décorer pour prier

Par contre, en Orient et notamment à Constantinople, l'objectif prioritaire n'est pas l'enseignement de la parole de Dieu mais l'incitation à la prière. Les représentations religieuses sont perçues comme le reflet du monde céleste. Dieu, le Christ ou la Vierge doivent dominer par leur taille les saints et les hommes. Cette règle impose vite des habitudes artistiques et des modèles. Les murs sont décorés de mosaïques à fond d'or. Les personnages évoquent l'art

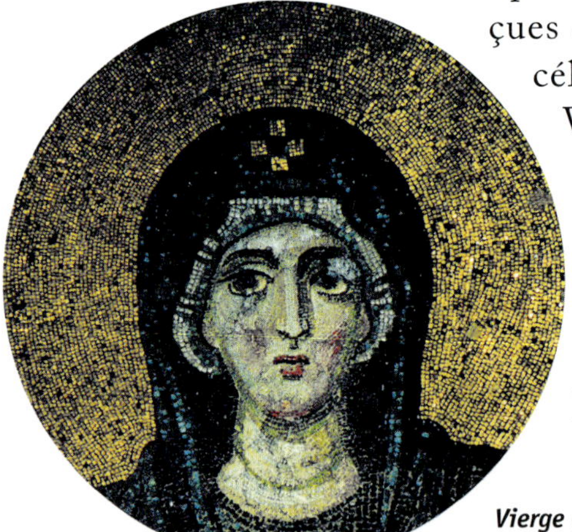

Vierge byzantine (détail), Sainte-Sophie, Istanbul, Turquie.

grec dans leurs attitudes et leurs drapés, mais la puissance de leurs traits ainsi que leur raideur dégagent une force spécifique à l'art byzantin.

Duomo Monreale, mosaïque de l'école byzantine,* XII*e* *siècle, Sicile.

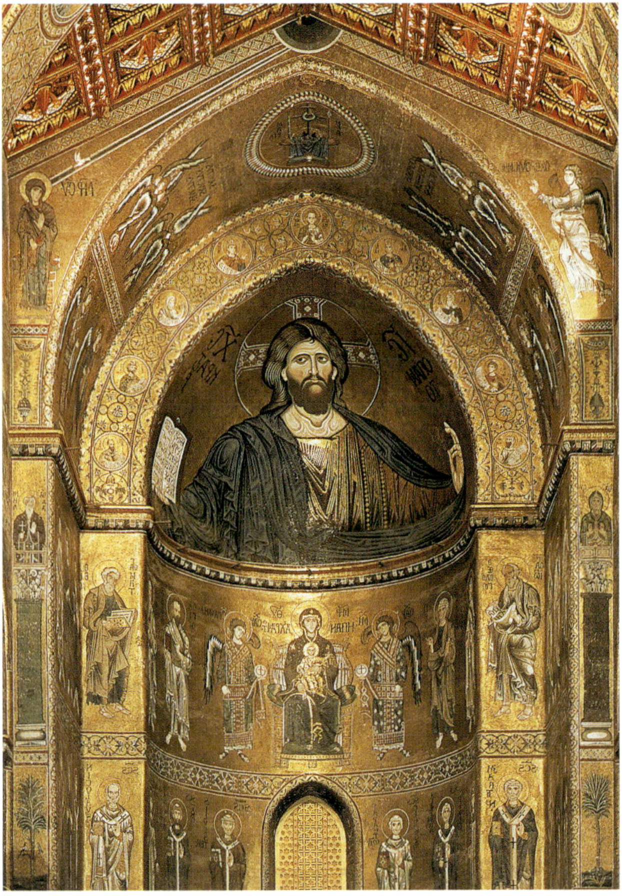

Au Moyen Âge, les mosaïques sont fixées après la réalisation du motif. Une toile, collée sur les cubes, permet de hisser l'ensemble sur un échafaudage. La mosaïque est alors appliquée sur un enduit frais. Quand celui-ci est sec, la toile est mouillée pour dissoudre la colle, puis retirée.

Des débats violents

Les iconoclastes s'attaquèrent à l'art sacré en Orient jusqu'à la fin du VIIIe siècle. La question ne fut réglée que par le second concile de Nicée en 787 qui déclara que rendre hommage aux icônes n'était pas idolâtre. Néanmoins, les querelles et les actes de destruction continuèrent jusqu'en 843.

Dans l'Empire d'Orient, les représentations religieuses se heurtent aux iconoclastes, qui s'opposent à toute image humaine de Dieu, car elles leur rappellent les cultes païens. Pour eux, un être infini ne peut pas être contenu dans un volume, Dieu ne doit pas être représenté par une sculpture que l'on peut jeter à terre. Les iconoclastes n'hésitent pas à casser les statues. Peu leur importe si elles ont une valeur artistique. Seules les mosaïques échappent en partie à leur fureur destructive, car elles sont difficiles à décoller des murs.

La paix favorise l'art

Les ateliers rassemblent des artisans d'une même spécialité : peinture, orfèvrerie, sculpture, tissage, menuiserie…

Du VIe au XIe siècle, l'Occident évolue peu sur le plan artistique. Les guerres et les invasions ont provoqué la fermeture de nombreux ateliers de sculptures et de peintures. À partir du XIe siècle, le retour de la paix entraîne un essor de la population, de l'économie et du pouvoir de l'Église catholique. Les commandes religieuses affluent. L'art peut à nouveau se développer.

La croix rappelle le Christ mis à mort et crucifié par les Romains.

L'art roman

Les voûtes en pierre, de style roman, sont construites sur des arcs de cercle. Les piliers et les murs en supportent le poids.

Chaque ville, chaque village souhaite construire sa propre église sur la place centrale. À partir du XIe siècle, les plans forment souvent une croix. Les voûtes en pierre remplacent les charpentes en bois.

SAINT-TROPHIME, À ARLES

- Vers 1180, une équipe de maçons pose le portail de l'église Saint-Trophime d'Arles, et l'habille de **riches sculptures** évoquant le Jugement dernier.
- Au-dessus des portes, **le tympan en arc de cercle** abrite le bas-relief du Christ entouré de ses quatre évangélistes. Les douze apôtres sont au centre d'une frise, encadrant les élus qui vont au Paradis et les damnés qui se dirigent vers l'Enfer. Des statues de haute taille représentent les principaux saints et les deux patrons de l'Église, saint Trophime et Étienne le martyr. Sous les colonnes en calcaire noir sont illustrées des scènes de l'Ancien Testament.
L'église de Saint-Trophime est l'**un des plus beaux exemples de l'art roman**.

Portail de Saint-Trophime, XIIe siècle, Arles.

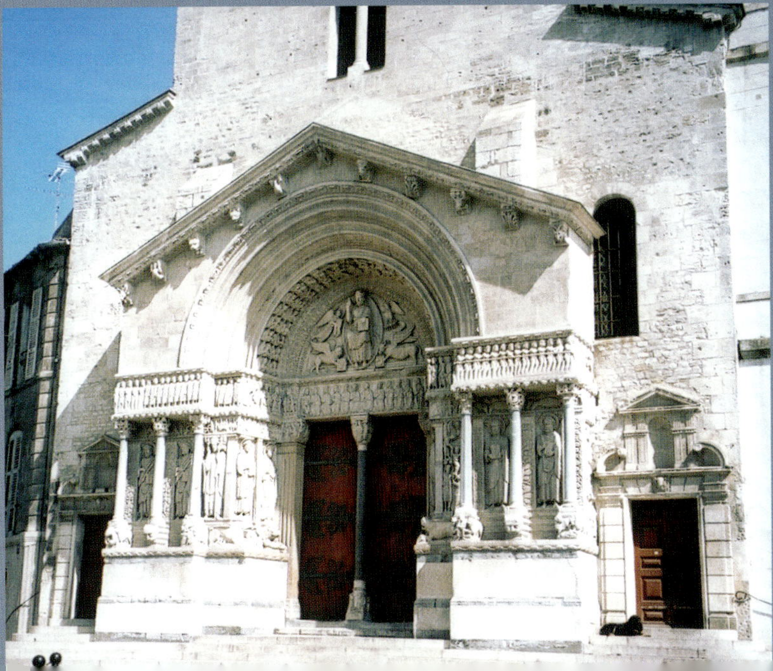

Les arrondis se multiplient, au niveau de la voûte et sur les ouvertures (portails et fenêtres). Ces arcs de plein cintre caractérisent le style roman qui dure jusqu'au XIIe siècle. Les sculptures se généralisent au-dessus du portail et sur les piliers.

L'art gothique

C'est en France, pays le plus puissant et le plus riche d'Europe au XIIIe siècle, que naît l'art gothique, style qui s'imposera jusqu'au XIVe siècle. L'architecture devient aérienne pour se rapprocher du monde céleste. Les cathédrales, de plus en plus légères d'apparence, de plus en plus hautes, renforcent le sentiment que l'homme est infiniment petit. Les piliers s'affinent, de hautes fenêtres garnies de vitraux adoucissent les façades. Les formes arrondies se tendent.

Les vitraux sont des compositions créées avec des morceaux de verre laissant filtrer la lumière et assemblés à l'aide de plomb et d'une structure métallique.

Élégance et réalisme

Au XIVe siècle, le raffinement et l'élégance gagnent le moindre détail. Les sculptures deviennent plus réalistes et moins raides. Les peintures sur bois expriment des sentiments et plus seulement des attitudes. La quête esthétique prime désormais sur la fonction pédagogique. L'essentiel des commandes artistiques concerne toujours l'art chrétien.

L'Italie, sous l'influence byzantine, est restée à l'écart des progrès artistiques jusqu'à Giotto. Ce peintre florentin, qui a créé une nouvelle façon de peindre, s'est attaché au naturel et au réalisme de chaque scène et pour cela a abandonné le traditionnel fond doré. Pour créer une impression

NOTRE-DAME DE PARIS

C'est en 1163 que le roi Louis VII et le pape Alexandre III posent la première pierre de la cathédrale Notre-Dame de Paris. Les travaux vont durer plus de cent ans. La cathédrale dresse sa haute silhouette vers le ciel. Son apparente simplicité cache une grande complexité. Trois étages, deux tours… Trois portails, deux portes… Trois rangées d'ouvertures, deux embrasures... Des façades qui changent radicalement selon les expositions. Plus on s'approche, plus les sculptures s'imposent au regard, véritable dentelle de pierre. L'architecte de génie qui en a conçu le plan est toujours inconnu.

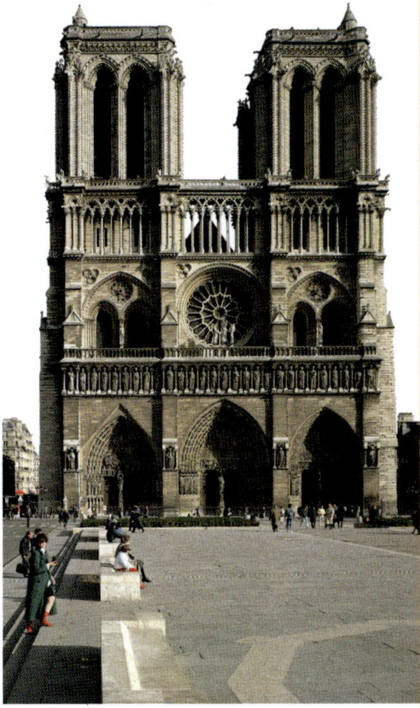

Cathédrale Notre-Dame, XIIe siècle, Paris.

Les enluminures illustrent les manuscrits. Plus le format est petit, plus le travail est minutieux.

de profondeur, il introduit des décors cohérents avec ses personnages. Ce traité nouveau séduit les amateurs. Son œuvre se fait rapidement connaître

ENLUMINURE DU *LAVEMENT DES PIEDS*

Cette enluminure décrit la scène où Jésus lave les pieds de ses disciples, selon l'Évangile de saint Jean. Le fond doré évoque le caractère sacré de la scène. Jésus est habillé d'une tunique. Pierre, gêné de se faire laver les pieds par le Christ, montre sa tête pour qu'elle soit purifiée.

Les douze disciples sont assis sur des gradins, pour suggérer un effet de profondeur, mais la coupe d'eau qui semble voler et l'exécution naïve témoignent du caractère médiéval de cette création.

Le* Psautier d'Ingeburge, Lavement des pieds*, XIII*e *siècle, musée Condé, Chantilly.

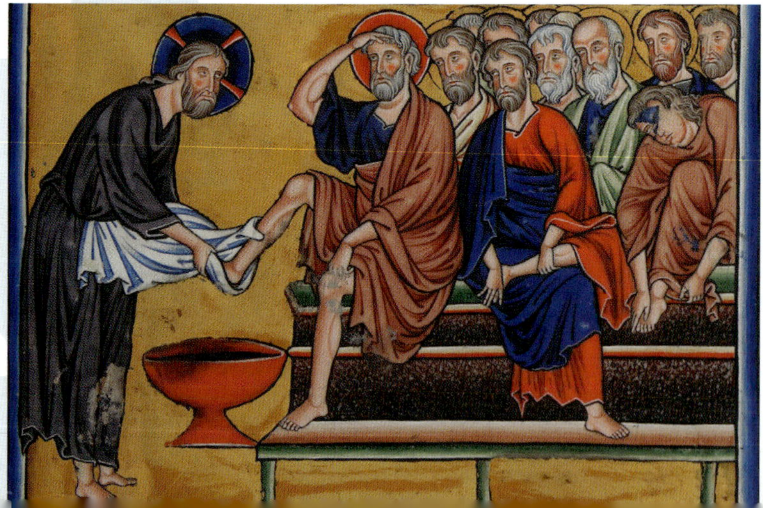

en Italie et sa notoriété atteint bientôt toute l'Europe. Giotto a ainsi créé les prémices de la Renaissance.

Le dessin est tracé à la craie rouge sur le mur, ou parfois dessiné sur un carton, puis son contour est perforé et copié sur le mur.

FRESQUE DU *LAVEMENT DES PIEDS*

Giotto (un peintre italien né à Florence vers 1266 et mort en 1337) peint une fresque illustrant la même scène. Jésus tient délicatement le pied déchaussé de Pierre et s'apprête à le laver. Levant sa main droite pour être plus convaincant, Jésus semble lui expliquer que c'est un geste d'amour. Il y a davantage de nuances que sur l'enluminure. La lumière éclaire certaines parties des vêtements. Un effet de profondeur est apporté par la présence de fenêtres ouvertes. Cette œuvre est beaucoup plus réaliste.

Lavement des pieds, ***fresque de Giotto,*** xive ***siècle, Chapelle Scrovegni, Padoue, Italie.***

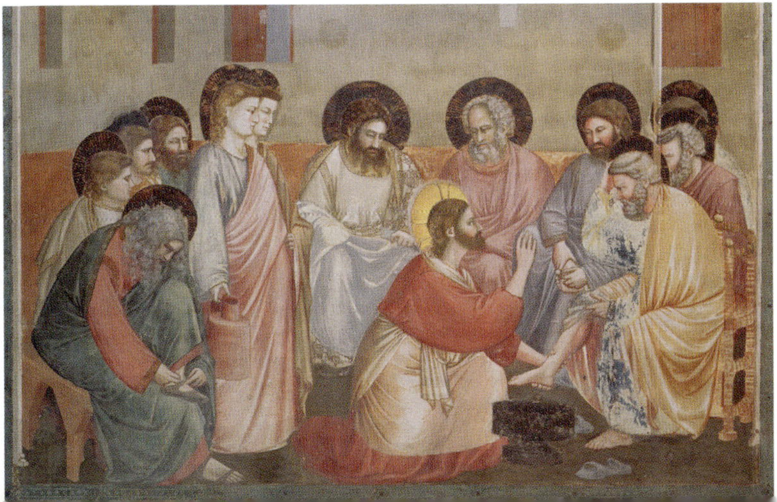

PENDANT CE TEMPS, EN AMÉRIQUE CENTRALE...

L'art précolombien regroupe les œuvres d'Amérique, antérieures à la découverte du continent par Christophe Colomb en 1492. **Copàn**, l'un des sites les plus remarquables situé au Honduras, a été du Ve au IXe siècle **un grand centre scientifique et astronomique maya.**

Des escaliers monumentaux, décorés de jaguars, de serpents et d'oiseaux, donnent accès à des terrasses et des temples qui s'étendent sur plus de quatre hectares, en plein cœur de la jungle. Cinq esplanades se succèdent.

Des sculptures en pierre de lave de plus de quatre mètres de hauteur s'y dressent. Ces stèles représentent des hommes de haut rang, religieux ou civils. Les proportions du corps sont parfaites, mais dans un premier temps, seul le visage serein est visible. Il contraste avec la surabondance de détails sculptés. La date à laquelle chaque stèle a été érigée ou dédiée à un dignitaire est exprimée en points et en traits.

1	2	3	4	5	6	7	8	9	10
•	••	•••	••••	—	• —	•• —	••• —	•••• —	— —

Dans ce lieu très préservé, on ne peut qu'être impressionné par la puissance et la beauté étranges que ces stèles inspirent. Découvert en 1570, le site ne sera exploré qu'en 1839. Les recherches se poursuivent.

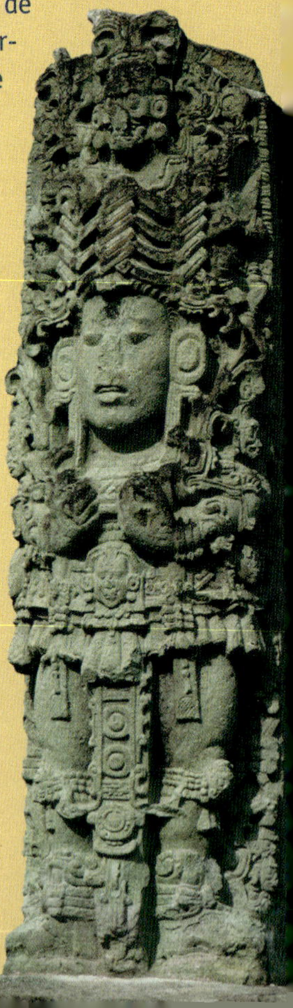

Stèle de Copàn, art maya, Copàn, Honduras.

PENDANT CE TEMPS, AU CAMBODGE...

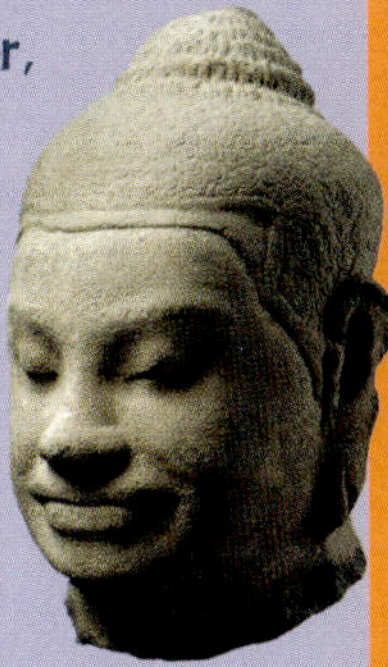

Au IXe siècle, **les rois khmers** installent leur capitale **à Angkor**, dans l'actuel Cambodge. Ayant adopté l'hindouisme, qu'ils ont découvert grâce à des commerçants venus d'Inde, ils construisent de vastes temples religieux.
Presque trois siècles plus tard, ils entreprennent l'ambitieuse **construction du temple d'Angkor Vat**. Un mur de plus de cinq kilomètres de long le protège des pouvoirs maléfiques. Des douves de 190 mètres de large symbolisent les océans qui entourent la terre. Un temple central, très haut, représente le centre du monde. Seules les constructions en pierres subsistent, plus de 80 temples...
Les kilomètres de bas-reliefs finement ciselés sur les murs témoignent du talent des sculpteurs khmers. Les temples devinrent bouddhistes au début du XIIIe siècle. Certaines statues hindouistes furent détruites et remplacées par des bouddhas magnifiques. Abandonnés au XVe siècle, ils sont alors envahis par la nature. Cela fait à peine plus d'un siècle que cet admirable site est dégagé. Sa restauration est en cours.

En haut, tête du Bouddha, début XIIIe, style du Bayon, grès, Angkor, Siem Reap, Cambodge ; ci-dessous, temple d'Angkor Vat, XIIe siècle, Siem Reap, Cambodge.

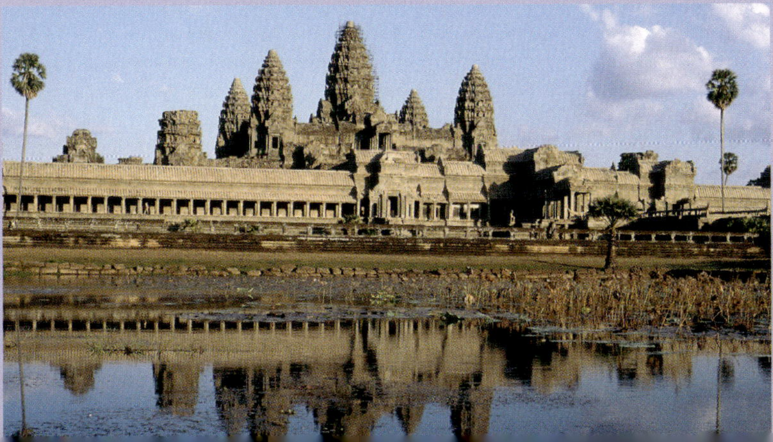

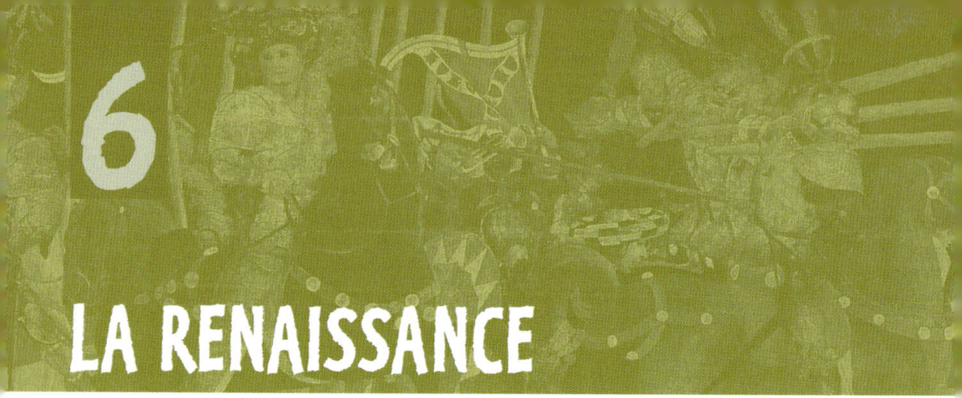

6

LA RENAISSANCE

en Italie et en Europe du Nord

Du XVe au XVIe siècle

En 1450, Gutenberg met au point l'imprimerie. En 1453, Copernic explique que c'est la Terre qui tourne autour du Soleil et non l'inverse. En 1492, Christophe Colomb découvre l'Amérique et en 1519, Magellan entreprend le premier tour du monde. Au XVIe siècle, Ambroise Paré invente la chirurgie.

À la fin du Moyen Âge, les découvertes s'accélèrent en Europe. Les connaissances nouvelles concernant l'homme et son anatomie, la nature et ses cycles, la terre et les océans, les mathématiques et leurs applications, entraînent une explosion artistique. Cette re-naissance va durer cent cinquante ans.

Une origine italienne : Florence

Affaiblie par la terrible épidémie de Peste noire de 1348, l'Europe vit sous la domination de la France, de l'Angleterre et de l'Allemagne. Les Italiens, et en particulier les riches Florentins, aimeraient retrouver le prestige de l'Empire romain. Pour mieux connaître leurs ancêtres, ils entreprennent des fouilles et traduisent les textes grecs et latins.

Innover !

Les artistes florentins souhaitent créer des œuvres vraiment nouvelles. Leur goût a changé ! Rejetant l'art gothique, ils cherchent des sources d'inspiration et les trouvent dans l'Antiquité grecque et romaine, dans les colonnes et les frontons des temples comme dans les sculptures. Architecture, sculpture, peinture, il leur faut tout connaître pour innover.

Reproduire le réel

L'art au Moyen Âge était principalement destiné au domaine religieux et le sens symbolique primait sur la reproduction du réel. Désormais, les Florentins cherchent à reproduire l'exacte vérité et s'ouvrent à des sujets profanes. Peintres et sculpteurs peinent à trouver les justes proportions du corps humain et de son environnement. Alors, pour progresser, ils étudient l'anatomie, font poser des modèles vivants et s'initient aux lois de la géométrie.

Être des artistes respectés...

Les artistes refusent d'être considérés comme de simples artisans, des travailleurs manuels, ils

Un mécène soutient financièrement un ou plusieurs artistes, notamment en lui passant des commandes. Le palais des Médicis a été conçu par Michelozzo. La famille Rucellai, riches marchands installés à Florence, a aussi aidé des artistes en commandant la construction et l'aménagement de leur palais, conçu sur les plans d'Alberti.

veulent être admis par la haute société. Jusqu'alors, seuls les poètes étaient reçus chez les riches florentins. Contribuant au prestige de la ville, les artistes sont aidés par des mécènes comme les Médicis, l'une des plus puissantes familles. Tant qu'ils seront influents à Florence, les Médicis favoriseront la création.

Des artistes érudits

Il devient fréquent qu'un même artiste cumule les savoirs : peinture, sculpture, architecture, mathématiques. Chaque maître anime une équipe d'apprentis qu'il forme à une ou plusieurs de ces disciplines. Les maîtres se rencontrent fréquemment et leurs découvertes circulent d'atelier en atelier.

De la règle à son application

Ainsi, le peintre Masaccio (1401-1428), grand admirateur de Giotto, est le premier à appliquer les règles de la perspective découvertes par l'architecte Brunelleschi. Il peint en 1428 une fresque qui représente la scène de la Trinité, dans une petite chapelle de l'église Santa Maria Novella. Le mur donne au spectateur l'impression d'avoir été creusé en profondeur pour accueillir les personnages ; les colonnes corinthiennes de part et d'autre semblent être en relief. Les plans successifs créent l'illusion de l'éloignement.

BRUNELLESCHI FONDATEUR D'UN STYLE

→ Bronzier, sculpteur, peintre, ingénieur, Filippo Brunelleschi (1377-1446) est **surtout connu en tant qu'architecte.** Il part plusieurs fois visiter la Rome antique. Il prend toutes sortes de mesures, copie les grands principes décoratifs et dessine les ruines.

Il utilise ces éléments à Florence dans des constructions nouvelles comme **l'hôpital des Innocents** ou **la chapelle Pazzi à Santa Croce.** C'est probablement lui qui a conçu le palais Pitti. En faisant usage de colonnes ou de frontons sur les façades des maisons, il crée un style inédit qui sera suivi par les architectes européens pendant près de cinq siècles.

En observant un dessin à l'aide d'un miroir dans une boîte, il **découvre également les règles de la perspective,** la manière de reproduire graphiquement l'éloignement et la profondeur d'un objet ou d'un paysage.

Vers 1420, Brunelleschi est désigné pour achever la cathédrale de Florence. Il s'inspire du Panthéon à Rome (voir l'art romain page 29). Il construit **une immense coupole,** terminée en 1436.

Quel étonnement pour les habitants de la ville lorsqu'ils la découvrent, surmontée de son petit clocheton en forme de lanterne !

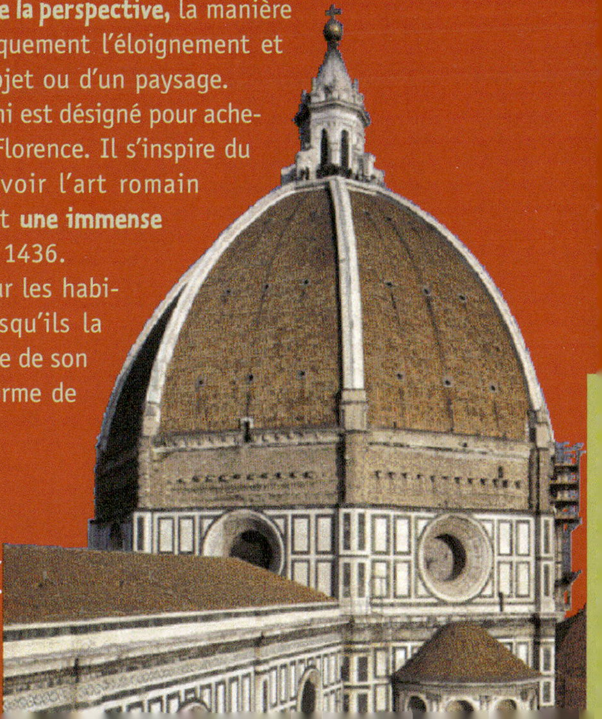

Cathédrale, 1420-1436, Florence, Italie.

Les grands sculpteurs sont Donatello, Verrocchio, le maître de Léonard de Vinci et Luca della Robbia, célèbre pour ses vierges en terre cuite vernissées.

Sculpter la vie

Comme les peintres, les sculpteurs visent la fidèle reproduction du réel. Ils travaillent sans relâche à créer des statues aussi vivantes que leurs modèles, tout en s'inspirant des thèmes de la Rome antique : des nus virils, des statues équestres, des portraits en bustes…

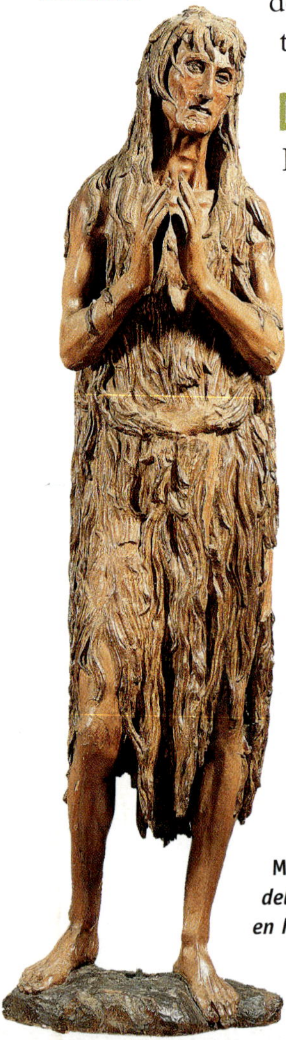

Donatello, la force de l'émotion

Rendre hommage à l'homme en sculptant des statues sans compromis technique, telle est l'ambition de Donatello (1386 ?- 1466). Face aux sereines statues des saints du Moyen Âge, le grand sculpteur apporte dans ses œuvres le réalisme de personnalités habitées par le doute, la souffrance et l'amour. Avec vigueur, il leur insuffle de la vie. Ainsi, vers 1453-1455, Donatello sculpte en ronde-bosse Marie Madeleine usée, par les privations.

La Renaissance flamande

À la même époque, les artistes flamands sont en quête de nouveaux moyens picturaux pour traduire la réalité. Jan Van Eyck

Marie Madeleine ***de Donatello, 1455, musée dell'Opera del Duomo, Florence, Italie. Ses cheveux décoiffés, sa robe en haillons, sa maigreur amplifient sa souffrance intérieure.***

VAN EYCK, LA MAGIE DU DÉTAIL

Vers 1435, le Flamand Jan Van Eyck peint *La Vierge du chancelier Rolin*, l'**une des premières peintures à l'huile**. Sa maîtrise des plus menus détails y est particulièrement remarquable. Les plis, les ombres, les bordures des vêtements sont déjà une preuve de son éclatant talent. La couronne portée par un ange est toute en finesse.
L'effet de perspective du carrelage conduit le regard au-delà du portique, vers **un paysage d'une précision extrême**. Deux personnages entraînent nos yeux vers la rivière, ses îles et ses bateaux, qui disparaissent à l'horizon dans les méandres et la brume.

La Vierge du chancelier Rolin ***de Van Eyck, 1435, musée du Louvre, Paris.***

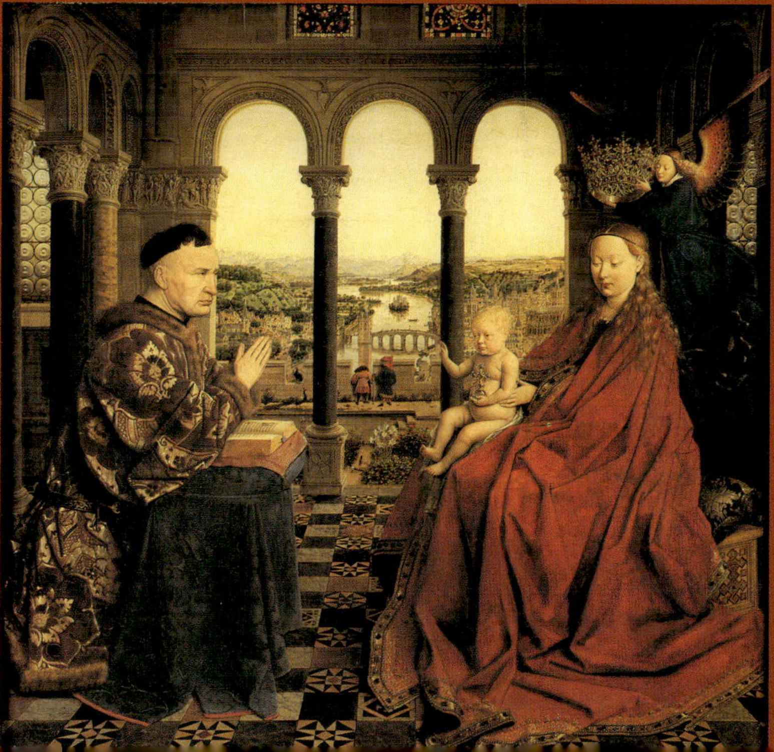

(1390-1441), un artiste originaire de l'actuelle Belgique, s'attache à peindre les plus infimes détails. Enlumineur de formation, il parvient par sa méticuleuse précision à rendre le toucher des matières, le velouté de la peau et à nous faire pénétrer au cœur de ses tableaux. Pour éviter que sa main tremble, il soutient son poignet par un bâton. Souffrant de la rapidité avec laquelle sèche sa peinture à l'œuf, il fait des essais avec de la peinture à l'huile. Celle-ci lui apporte lumière, brillance, et surtout lui permet de superposer ses minuscules coups de pinceau. L'aspect de la peau en particulier gagne en transparence.

La fin du XVe siècle

À Florence, depuis la découverte sur la perspective de Brunelleschi, les peintres ont continué de progresser dans leur quête de réalisme. Les œuvres de Fra Angelico (1400 ?-1455), Piero della Francesca (1416 ?-1492) et Paolo Uccello (1397-1475) en sont d'illustres témoignages.
Les recherches sur la perspective se poursuivent également au nord de l'Italie, à Padoue, avec Andrea Mantegna (1431-1506). Les récentes traductions des textes gréco-romains et la redécouverte des statues antiques apportent aux peintres italiens de nouveaux sujets, notamment les scènes mythologiques. En cette fin de siècle, Sandro

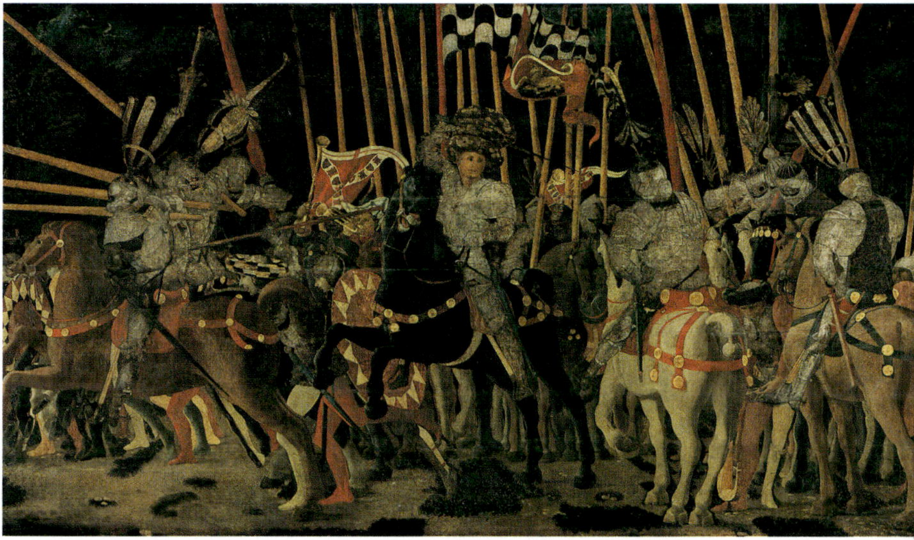

La Bataille de San Romano *de Paolo Uccello, 1450, musée du Louvre, Paris. En peignant un grand nombre de chevaux, Uccello introduit un mouvement qui s'accélère de droite à gauche. À droite, des chevaux à l'arrêt, au centre, le départ avec les lances dressées, et à gauche, l'attaque avec les lances brandies contre les ennemis en dehors du tableau.*

Botticelli (1445-1510) interprète de façon très personnelle les grands principes de la Renaissance.

La Renaissance au XVIe siècle

À partir du XVIe siècle, les artistes recherchent la beauté de l'art et non son utilité. Florence est toujours la capitale artistique de l'Europe, mais Rome devient également un pôle important, car les papes passent de nombreuses commandes.

Vinci, un esprit de génie

Dès son apprentissage Léonard de Vinci (1452-1519) se distingue en peignant un ange. En découvrant la perfection de l'angelot, son maître Verrocchio aurait arrêté de peindre ! Vinci excelle en tant que peintre, mais aussi comme architecte, mathématicien, philosophe, écrivain, stratège… Ses carnets de croquis abondent en dessins et en citations, mais comme il écrivait de droite à gauche,

Verrocchio (1435-1488) dirigea un important atelier de sculpture, peinture et orfèvrerie à Florence.

LA GRÂCE DE BOTTICELLI

L'allégorie du Printemps met en présence **neuf personnages**, dans une nature fleurie et verdoyante. La déesse Flore, représentation poétique du printemps, sème des fleurs tandis que Zéphyr le dieu du vent tente de retenir une jeune femme. Au centre, **Vénus, déesse de la beauté et de l'amour**, anime le rythme de trois danseuses. Le messager Mercure arrête les nuages et l'angelot Cupidon, surplombant la scène, décoche ses flèches amoureuses. Le style de Sandro Botticelli se reconnaît aux contours particulièrement nets de ses personnages qui se détachent du fond et rappellent son premier métier d'orfèvre. La grâce et la beauté d'une composition ou d'un personnage priment pour lui sur la recherche de réalisme. Un cou exagérément long, des épaules tombantes, des bras qui ne respectent pas les règles anatomiques ne le gênent pas, si l'effet obtenu est harmonieux.

Une allégorie est la représentation d'une idée sous une forme le plus souvent humaine.

c'est seulement à l'aide d'un miroir que l'on peut déchiffrer ses notes. Il fut le protégé de Laurent de Médicis, puis du roi François Ier.

La puissance de Michel-Ange

Contemporain de Vinci, Michelangelo Buonarroti (1475-1564), dit Michel-Ange, est un sculpteur admiratif des statues grecques. Il dessine inlassablement des modèles vivants, étudie des milliers

Les principales sculptures de Michel-Ange à Florence sont les statues de David, les tombeaux de Laurent II et de Julien de Médicis et la chapelle Médicis de l'église San Lorenzo. La statue de Moïse est conservée à Rome.

Le Printemps *de Sandro Botticelli, 1478, galerie des Offices, Florence, Italie.*

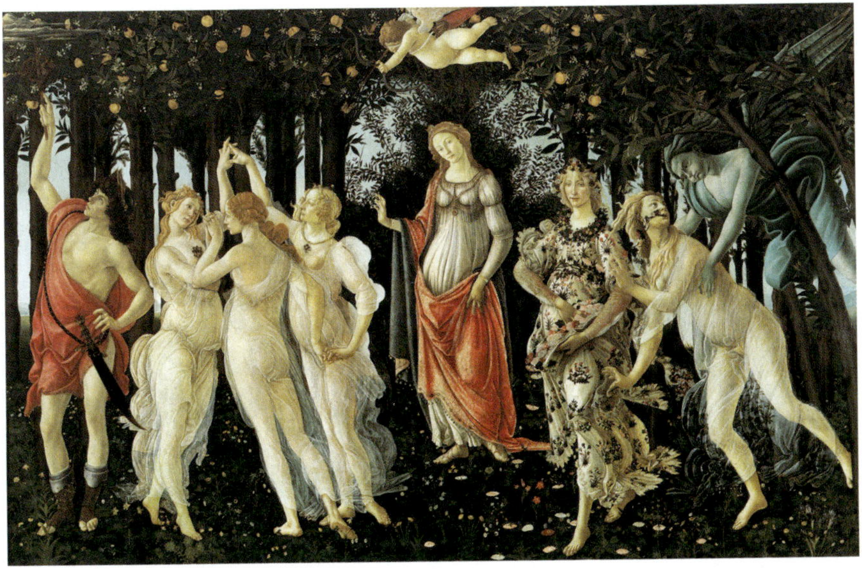

LE MYSTÈRE DE *LA JOCONDE*

La Joconde, portrait peint par Léonard de Vinci entre 1503 et 1506, est le **tableau le plus célèbre du monde.** Il représente Mona Lisa, épouse du Florentin Francesco del Giocondo. À la fin de sa vie, Vinci emmenait le tableau dans tous ses voyages et le retouchait sans cesse pour tenter d'atteindre la perfection.

La Joconde est-elle souriante ? pensive ? triste ? S'ennuie-t-elle ? Le mystère est un effet du « sfumato », cette technique qui consiste à estomper les contours expressifs, notamment les commissures des lèvres et les paupières.

→ Le succès de *La Joconde* provient entre autres de **la complexité de l'expression de Mona Lisa** qui change selon que l'on fixe son œil droit ou son œil gauche, et de son regard qui semble suivre les spectateurs. Le grain de sa peau est admirablement exécuté. Le paysage qui l'entoure, d'inspiration fantastique, démontre l'audace et la singularité de ce peintre de génie.

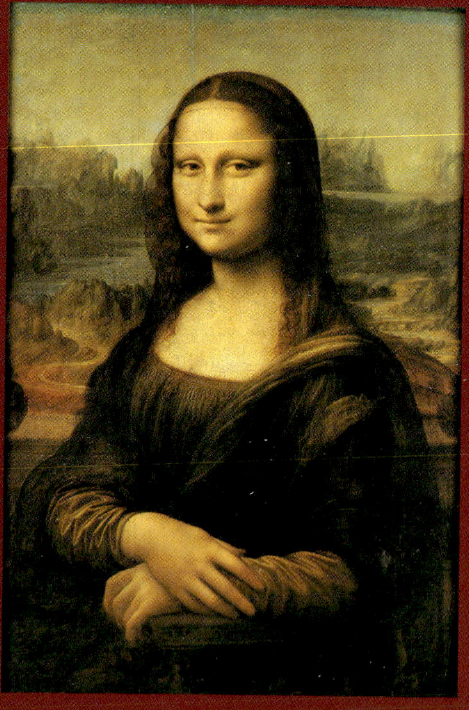

La Joconde
de Léonard de Vinci, 1506, musée du Louvre, Paris.

de poses, dissèque des cadavres. Cela le conduit à une parfaite maîtrise des mouvements. Son caractère volontaire et colérique et sa force physique transparaissent dans ses sculptures aux formes puissantes. Sa fougue s'exprime aussi dans sa peinture. Suite à une commande du pape Jules II, il s'enferme durant quatre ans pour peindre, allongé sur le dos, la voûte de la chapelle Sixtine, à Rome. Il connut de son vivant une gloire sans précédent.

L'ESCLAVE REBELLE

Cette imposante statue en marbre, réalisée par Michel-Ange entre 1513 et 1514, lui a été commandée pour le tombeau du pape Jules II. L'esclave cherche à arracher ses liens dans une torsion brutale et pourtant, il reste calme. Cette opposition entre la sérénité du visage et les mouvements tourmentés du corps sont caractéristiques du style de Michel-Ange.
Les proportions du corps, le jeu des muscles, confirment sa parfaite connaissance anatomique. On aperçoit encore le bloc originel de marbre de cette statue inachevée.

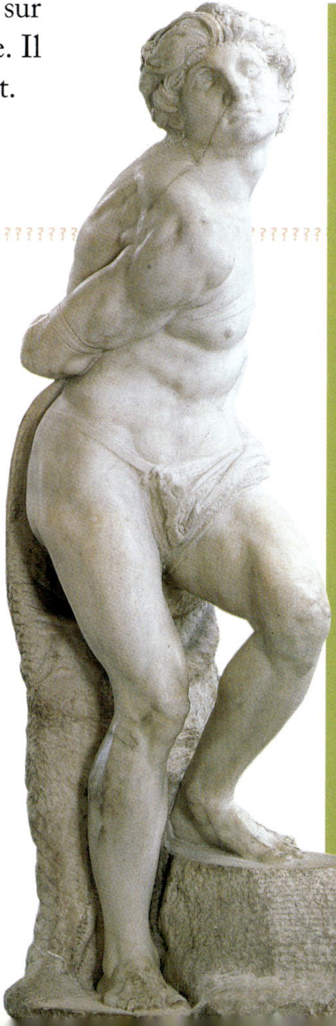

L'Esclave rebelle *de Michel-Ange, 1514, musée du Louvre, Paris.*

La douceur de Raphaël

Raffaello Santi (1483-1520), dit Raphaël, n'est pas découragé par le talent de ses prédécesseurs : Sandro Botticelli, Léonard de Vinci et Michel-Ange. Il affirme, avec gentillesse mais fermeté, qu'il atteindra la perfection picturale. En s'inspirant de plusieurs modèles, il peint des Vierges qui incarnent son idéal féminin. La douceur qui en émane lui assure, de son vivant, un éclatant succès.

LA BELLE JARDINIÈRE

Dans cette scène champêtre, la Vierge est entourée de deux jeunes enfants nus, Jésus et Jean-Baptiste.
La composition inscrite dans un triangle crée une forte relation entre les trois personnages.
Jean-Baptiste esquisse un mouvement vers Jésus, la Vierge regarde et soutient tendrement son fils. Le paysage est calme mais très présent car l'horizon monte haut, presque aux deux tiers du panneau. Un petit village sur la droite, inspiré de la peinture flamande, prouve l'intérêt de Raphaël pour l'école du Nord.

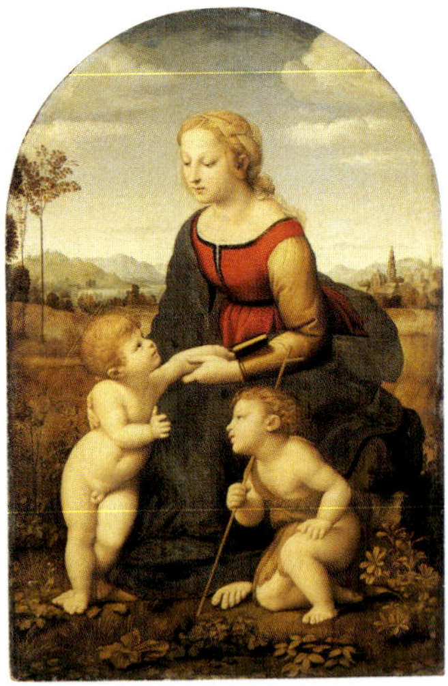

La Belle Jardinière *de Raphaël, 1508, musée du Louvre, Paris.*

Développement de l'école du Nord

En ce début du XVIe siècle, les artistes italiens et d'Europe du Nord se rencontrent fréquemment. Aux Pays-Bas, Peter Brueghel l'Ancien (1525-1530 ?-1569) peint des scènes folkloriques, historiques et champêtres. Jérôme Bosch (1453 ?-1516), à l'écart des préoccupations de la Renaissance, poursuit à travers d'admirables peintures la création d'un monde étrange et symbolique, où l'Enfer est dépeint avec une cruauté inégalée.

L'essor de l'Allemagne

De nouveaux talents apparaissent, notamment en Allemagne. Les Italiens restent médusés devant l'anamorphose d'un crâne, peinte en 1533 par Hans Holbein le Jeune (1497-1543). Lucas Cranach (1470-1553) développe un style qui combine le réalisme sans équivoque des paysages et le style énigmatique de ses personnages.
Enfin, l'Allemand Albrecht Dürer (1471-1528) apporte un véritable élan à la Renaissance. Il valorise le dessin comme expression finale et non plus comme étape préliminaire à une peinture et réalise de nombreuses gravures sur bois. Il peint des animaux et des plantes avec un réalisme digne d'un naturaliste et des autoportraits, créations très originales pour l'époque.

Une anamorphose est une représentation, volontairement déformée d'un objet dont l'apparence réelle ne peut être perçue qu'en regardant l'image sous un angle particulier ou au moyen d'un miroir courbe.

Peintre de la cour d'Angleterre, Holbein le Jeune réalise pour la première fois un tableau codé intitulé *Les Ambassadeurs*, avec l'anamorphose d'un crâne, indéchiffrable quand elle n'est pas observée en se plaçant à droite du tableau. Cette évocation de la mort est aussi la signature du peintre « hohles bein » veut dire « os creux » en allemand.

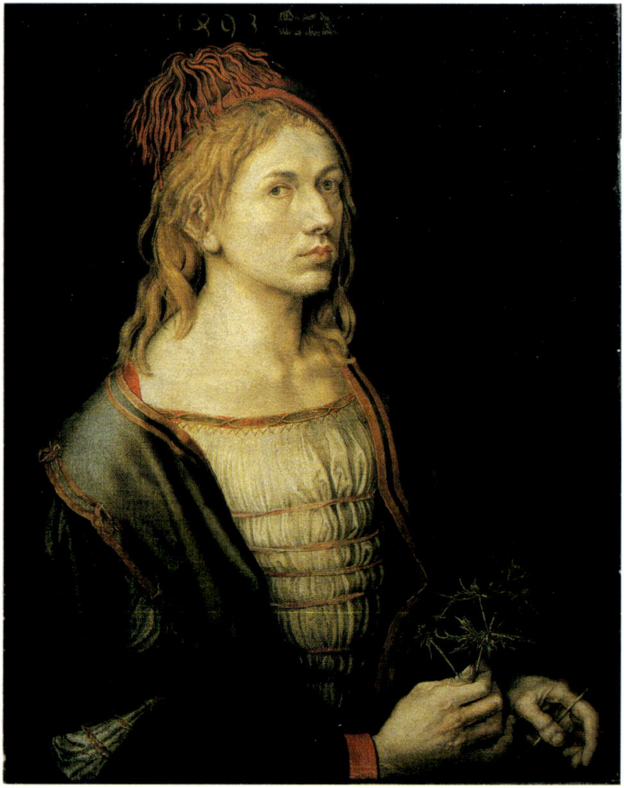

Autoportrait ***d'Albrecht Dürer, 1493, musée du Louvre, Paris.***
Le chardon immortel évoque soit la fidélité envers sa fiancée, soit la crucifixion du Christ.

La délicatesse de Dürer

Faire de soi le sujet principal d'un tableau était exceptionnel à l'époque d'Albrecht Dürer. Son *Autoportrait* ou *Portrait de l'artiste* tenant un chardon est une œuvre de jeunesse, réalisée en 1493, à l'âge de vingt-deux ans. En ne peignant ni paysage, ni intérieur meublé derrière ce portrait dont le regard nous fixe, Dürer nous oblige à nous concentrer sur la diagonale de lumière qui va du coin gauche au coin droit du tableau, du pompon de son chapeau à ses mains.

La fin de la Renaissance

Après Florence et Rome, c'est dans la riche république de Venise que se développe la Renaissance. Giovanni Bellini (1430 ?-1516) y fonde une nouvelle école de peinture, réputée pour ses couleurs subtiles et ses effets de lumière. Parmi ses élèves figurent Giorgione (1478-1510), peintre de cinq chefs-d'œuvre aux lumières et atmosphères mystérieuses, et Titien (1485 ?-1576), grand portraitiste aux couleurs audacieuses.

La peinture semble avoir atteint la perfection. La perspective ne pose plus de problèmes et la sculpture semble surpasser les statues grecques. Les grands maîtres ont atteint leur but. Alors, de nombreux artistes croient que l'art consiste désormais à copier le style de la Renaissance, notamment celui de Michel-Ange. On appelle ce courant le « maniérisme ».

Parmi les artistes maniéristes, on peut citer les Italiens Pontormo, le Rosso, Beccafumi, Bronzino, le Parmesan, le Primatice, Cellini et Jean de Bologne. En France, sous l'influence de François Ier, l'école de Fontainebleau développe l'art maniériste.

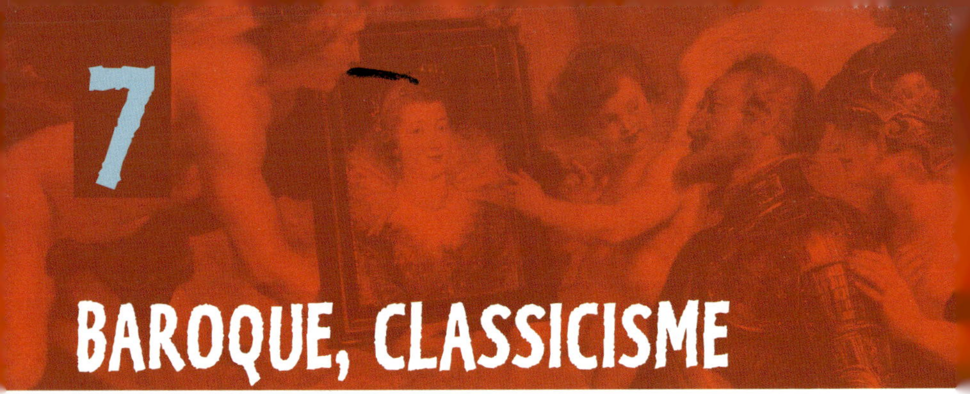

7

BAROQUE, CLASSICISME ET ROCOCO

Du XVIIe au XVIIIe siècle

L'influence religieuse dans l'art

Le protestantisme affirme l'autorité de la Bible et recommande de vivre en suivant les principes de l'Évangile. Son développement en Europe donne naissance à trois grands courants : celui de Luther en Europe du Nord, celui de Calvin dans les pays francophones et celui des îles Britanniques nommé anglicanisme.

Au XVIe siècle, l'Allemand Martin Luther avait inspiré un mouvement de réforme du catholicisme. Il s'opposait à l'abondance des représentations religieuses et recommandait un culte simple qui s'appuie sur la Bible. Ainsi est né le protestantisme qui prit rapidement de l'essor en Europe. Pour défendre le catholicisme, des prêtres, appelés jésuites, prennent en charge l'enseignement en Europe et la conversion des peuples en Amérique. Ils font construire des églises qui renouvellent le style de la Renaissance. Majestueuses, émouvantes et richement ornées, ces églises sont créées pour encourager la ferveur religieuse et proclamer la puissance catholique. C'est à Rome, la ville du pape, que naît ainsi le style baroque.

Mouvement et fantaisie baroques

Le mot portugais *barroco* désigne une perle irrégulière dont la forme étonne. Ce terme fut choisi au XVIIIe siècle pour caractériser le style initié par les jésuites. L'architecture baroque est exubérante et surprenante. Décrochements inattendus, colonnes torses, courbes et volutes, illusions de perspective, contrastes de lumière, les effets abondent. À l'intérieur des églises, les décors richement ornés avec des marbres polychromes et des sculptures en bois doré déclinent les courbes avec fantaisie.

L'art baroque paraissait encore extravagant cent ans plus tard quand ce terme fut choisi. L'influence baroque s'exerça au XVIIe siècle sur tous les arts, y compris sur la musique et la littérature.

Créer de l'émotion

Les artistes baroques recherchent une intensité dramatique, un effet théâtral. En sculpture, ils utilisent souvent le gigantisme pour accroître le trouble du public ou des assemblages insolites de matières, produisant des effets de couleur inattendus. Les peintres manient l'émotion en virtuose. Ils amplifient les expressions, les mouvements, et les jeux de lumière en particulier les clairs-obscurs, un procédé qui consiste à moduler la lumière sur un fond sombre, de manière à suggérer le relief et la profondeur.

Le Bernin, sculpteur prodige

Gian Lorenzo Bernini (1598-1680), dit le Bernin, est un architecte de renom. Le pape s'adresse à lui et à l'architecte Francesco Borromini pour son église Saint-Pierre de Rome. Le Bernin compose une prestigieuse colonnade ornée de statues. Son talent s'exprime plus encore dans la sculpture. Héros mythologiques, martyrs et saints prennent vie et expriment une intensité dramatique exceptionnelle.

Une colonnade est un ensemble de colonnes destiné à produire un effet. Le Bernin démontre la puissance papale avec deux colonnades en arc de cercle qui enserrent la place comme deux bras.

BORROMINI, ARCHITECTE BAROQUE

Francesco Borromini (1599-1667) fait preuve de beaucoup d'audace. À Rome, la façade de l'église Saint-Charles-aux-Quatre-Fontaines semble onduler. Les pleins et les creux se répondent. Les colonnes sur deux étages encadrent des portes, des fenêtres et des niches qui abritent des statues. Un médaillon ovale soutenu par deux anges surplombe l'ensemble. Au centre, la coupole ovale est ornée de motifs qui diminuent en s'élevant.

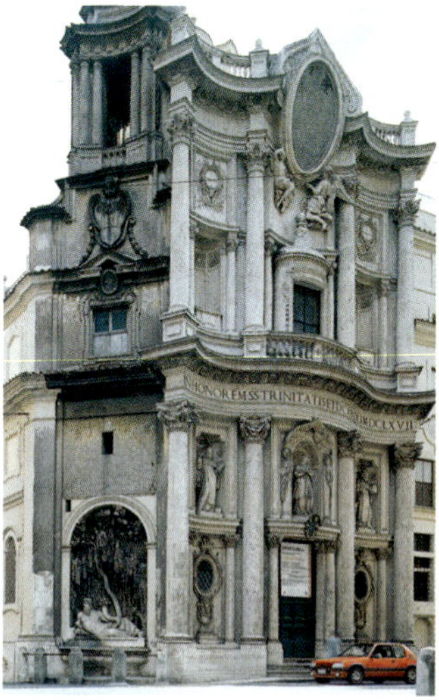

Saint-Charles-aux-Quatre-Fontaines de Borromini, XVIIe siècle, Rome, Italie.

L'EXTASE DE SAINTE THÉRÈSE, SCULPTURE DU BERNIN

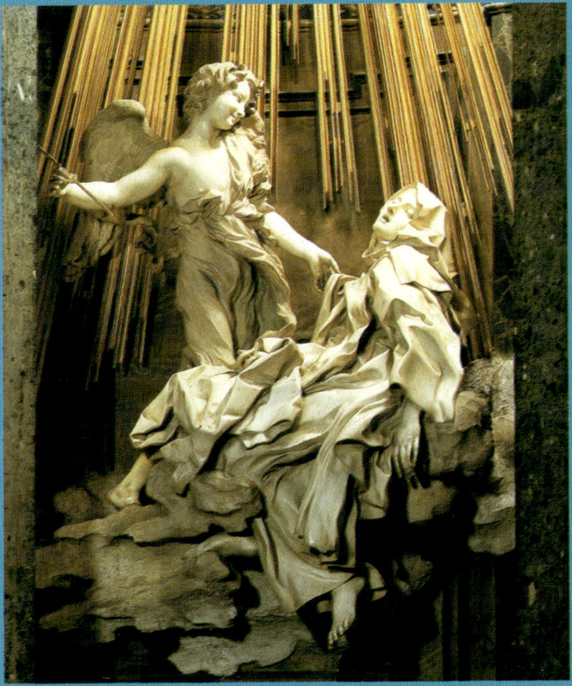

L'Extase de sainte Thérèse, *vers 1645-1652, Santa Maria della Vittoria, Rome, Italie.*

Comment sculpter le rayonnement de Dieu frappant sainte Thérèse d'Avila ? Le Bernin matérialise ce moment par des rayons de bronze qui descendent sur la jeune femme et par la flèche d'un ange. Le choc de cette communication divine est si violent que les plis de sa robe sont tourmentés et comme agités d'une vie propre. Le corps inerte de sainte Thérèse paraît flotter dans l'air. Évanouie, elle semble presque morte. Seule la confiance radieuse de l'ange nous rassure.

Le Caravage et le clair-obscur

Déjà le Gréco (1541-1614), peintre crétois qui s'était installé en Espagne après un séjour à Venise, avait adopté un traité où l'intensité dramatique et l'émotion primaient sur le réalisme.

Le style baroque se caractérise également par la mise en valeur des contrastes de lumière. Michelangelo Merisi Caravaggio (1571-1610), dit le Caravage, fait jaillir de l'ombre ses personnages en les éclairant d'une lumière si violente qu'elle paraît surnaturelle. L'influence du Caravage va s'étendre au-delà de l'Italie dans toute l'Europe sous le nom de caravagisme.

Le Jeune Bacchus ***de Caravage, 1596, galerie des Offices, Florence, Italie. La provocation sensuelle du modèle crée un trouble entre le peintre et le spectateur. Ce rapport est nouveau. Une brutalité latente (Caravage était aussi brigand) se ressent fortement dans cette œuvre où la vulgarité côtoie l'élégance.***

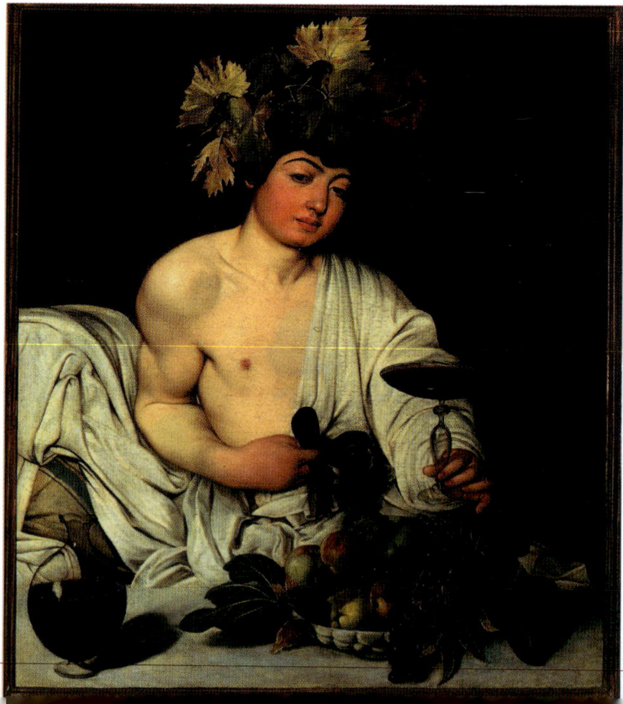

L'essor du baroque

Le baroque franchit les Alpes vers l'est. Des églises baroques sont construites en Autriche, en Bohême, en Saxe, en Bavière, en Pologne, en Russie. À l'ouest, l'Espagne donne un formidable élan au style baroque. Au nord, il influence les artistes jusqu'en Hollande. En France, Georges de La Tour, et ses lumières inspirées par Caravage, témoignent de cette influence.

Rubens, mouvement et sensualité

Pierre Paul Rubens (1577-1640), peintre flamand, est le maître baroque de l'Europe du Nord. Ses compositions triangulaires, circulaires ou en diagonale introduisent avec fougue les corps plantureux de femmes et de héros mythologiques. Des accents de sensualité touchent chaque recoin de peau. La vie peinte par Rubens déborde de formes, de couleurs, de remous, d'expressions et d'amour.

La naissance du classicisme

Face au baroque venu d'Italie qui prône l'émotion, l'inattendu et la courbe, un courant se dessine en Europe du Nord, qui recommande l'appel à la raison, à l'équilibre et aux lignes droites : c'est le classicisme. En Europe, le classicisme est encouragé par les princes et les rois qui veulent faire connaître leur prestige et celui de leur cour. Ils

Le classicisme préconise, pour atteindre la perfection, que les artistes respectent la mesure et l'équilibre, visent le réalisme et s'inspirent de l'Antiquité comme de la nature. Ce style qui fait appel à la raison et à la mesure se développe en Angleterre, en Hollande et plus particulièrement encore en France.

HENRI IV REÇOIT LE PORTRAIT DE MARIE DE MÉDICIS

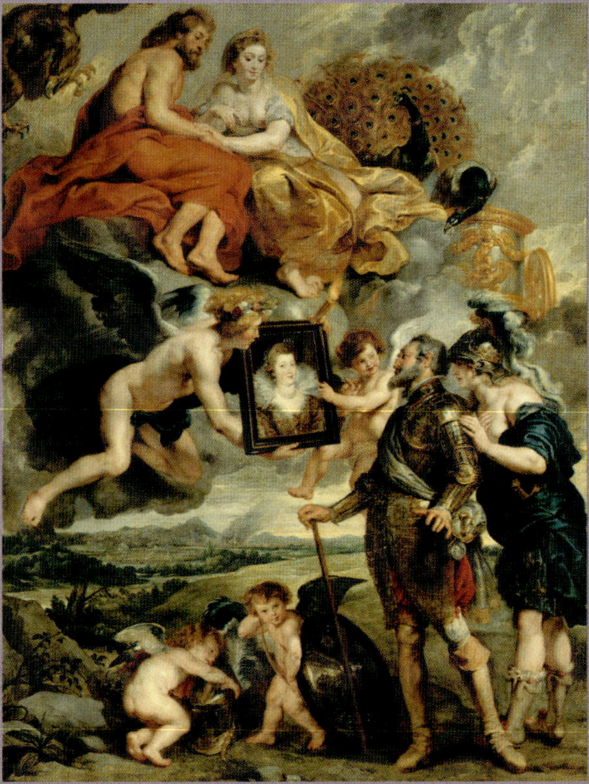

Henri IV reçoit le portrait de Marie de Médicis ***de Rubens, musée du Louvre, Paris.***

Cette grande toile, de près de quatre mètres sur trois, fait partie d'une série peinte par Rubens consacrée à la vie de Marie de Médicis. La composition en diagonale place au centre le portrait de la future épouse d'Henri IV. Mis à la hauteur des yeux du roi, il est conçu comme un miroir, car les proportions des visages de la reine et du roi sont similaires. En introduisant **un tableau dans le tableau**, Rubens crée un premier effet de surprise. Le réalisme avec lequel il peint le roi et le paysage côtoie le fantastique et le mythologique. Le mouvement et la courbe, prisés par le style baroque, sont abondamment illustrés.

souhaitent un art officiel qui reflète l'autorité. Les règles classiques sont enseignées dans des écoles nommées académies. Certains artistes s'y plient, d'autres pas.

Poussin et le classicisme

Nicolas Poussin (1594-1665), peintre français installé à Rome, étudie les sculptures de l'Antiquité. Ses paysages admirables mettent souvent en valeur l'harmonie qui pourrait exister entre les hommes et la nature.

Le Printemps ***de Nicolas Poussin,*** ***XVIIe siècle, musée du Louvre, Paris. Sa composition classique est organisée en fonction du couple formé par Adam et Ève. Les personnages sont en parfaite harmonie avec la nature. La délicatesse avec laquelle les arbres sont peints et l'équilibre général font de cette toile un parfait exemple de classicisme.***

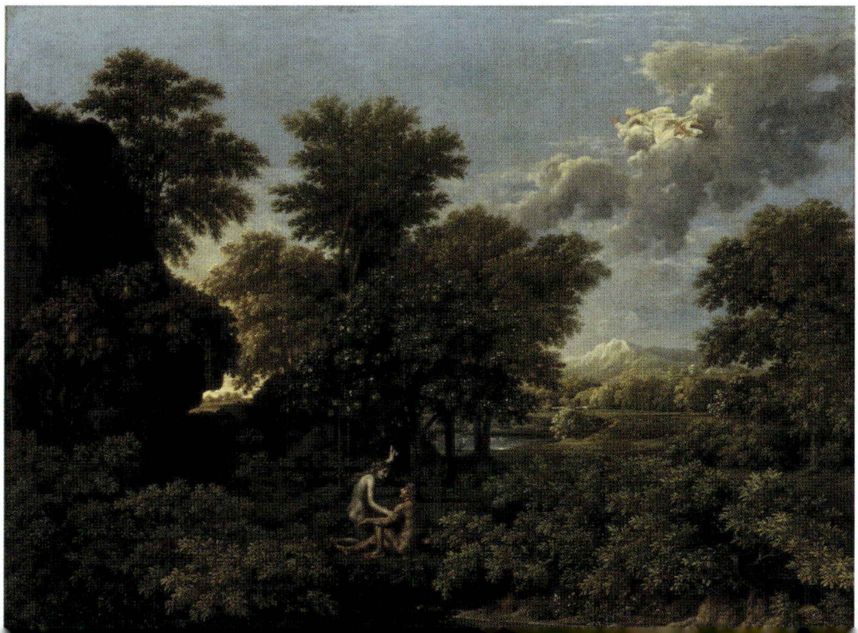

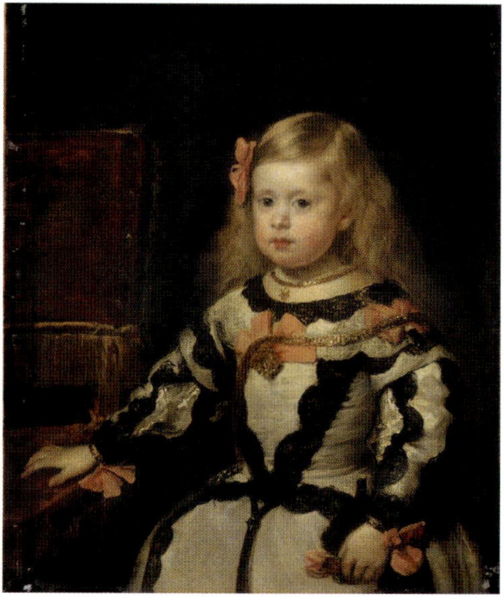

L'Infante Marguerite *de Vélasquez, XVIIe siècle, musée du Louvre, Paris. Derrière le maintien rigide imposé à la jeune princesse, Vélasquez nous fait sentir sa vulnérabilité.*

Vélasquez, l'émotion et la raison

Peintre officiel de la cour d'Espagne, Diego Rodriguez de Silva y Vélasquez (1599-1660), est chargé de réaliser les portraits du roi Philippe IV et de la famille royale. Il saisit l'expression des regards, étudie les poses et introduit leur environnement familier. Ses harmonies délicates de couleurs et ses effets de lumière saisissent l'atmosphère d'une scène. Vélasquez sait exprimer les caractères derrière ces visages souvent ingrats. Il incite le spectateur à deviner les pensées de ses modèles. L'imagination et l'émotion s'allient ainsi au réalisme et à la raison.

La gravure est une technique qui permet de reproduire une œuvre en gravant une plaque en bois ou en métal.

Rembrandt, une force expressive

Rembrandt Van Rijn (1606-1669) est le plus important peintre hollandais de son époque. Il est passionné par le dessin et la gravure, en particulier l'eau-forte. S'il est classique par l'équilibre harmonieux de ses compositions et le sens de la mesure, le peintre aime à s'écarter des conventions pour rendre plus expressif, plus vivant un portrait ou une scène biblique. Rembrandt se peint à vingt-huit ans mais paraît plus âgé. Son visage est asymétrique,

Les eaux-fortes permettent de graver un trait fin. L'artiste recouvre de cire une plaque de cuivre, puis réalise un dessin à l'aide d'une pointe. Un acide creuse le métal mis à nu.

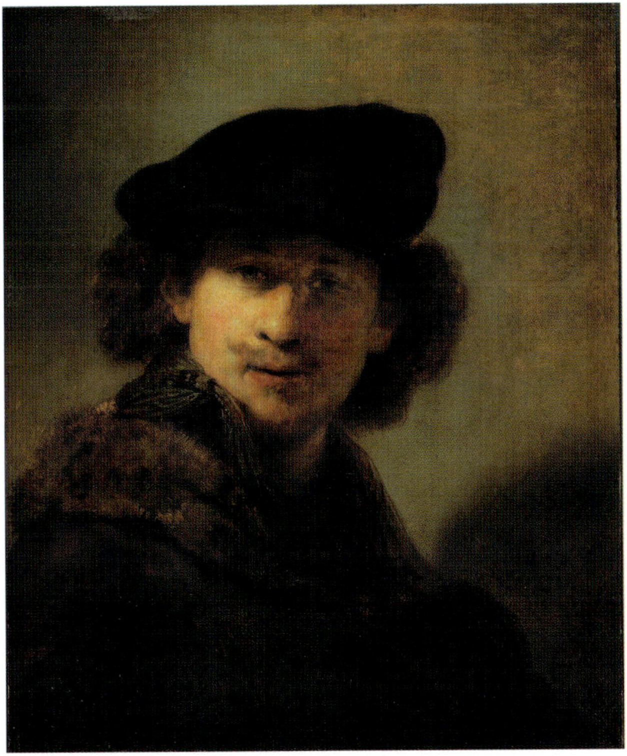

Portrait de l'artiste par lui-même ***de Rembrandt, 1634, Gemäldegalerie, Berlin, Allemagne.***

comme pour traduire deux aspects de sa personnalité. La partie éclairée est tonique, la sombre est mélancolique. Les yeux sont très différents, l'un est vif, l'autre pensif. Les tons bruns et verts apportent une note mystérieuse renforcée par les contours estompés. Rembrandt nous regarde comme s'il attendait de nous un jugement de valeur.

L'ambition du Roi-Soleil

Pour magnifier sa gloire et son pouvoir absolu, Louis XIV décide de bâtir un mythe, un palais royal à Versailles d'une beauté inégalée. D'autant que le surintendant des finances Fouquet vient de construire le magnifique château de Vaux-le-

Chef-d'œuvre classique admirable, le château de Versailles (1660-1680) frappe par la majesté des lignes droites, la rigueur géométrique, la recherche de symétrie, l'ordre et la mesure.

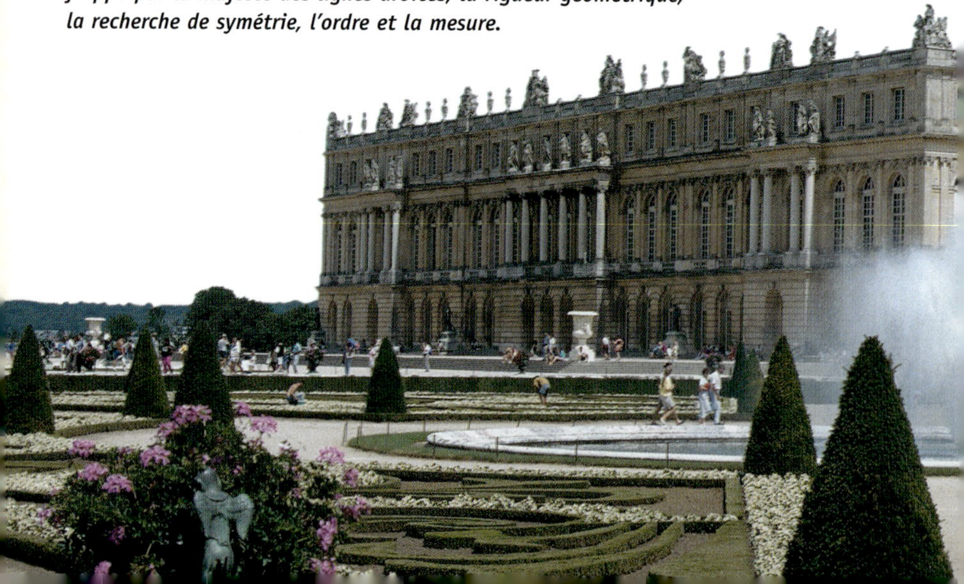

Vicomte pour lequel il a fait appel aux plus grands artistes : Louis Le Vau comme architecte, Charles Le Brun pour les peintures et les sculptures, André Le Nôtre pour les jardins. Ces trois hommes, liés d'amitié et passionnés par leur métier, excellent chacun dans leur art. L'architecte Jules Hardouin-Mansart succède à Louis Le Vau. Pendant plus de vingt ans, aux alentours de 1660-1680, ces artistes s'affairent à la construction du château de Versailles. Il en résulte une féerie spectaculaire par le gigantisme des bâtiments, par la magnificence des sculptures, par l'omniprésence de l'eau, par la beauté des points de vue, des perspectives et des parterres.

Le style rococo

Le style rococo apparaît alors, renouvelant le baroque par des formes encore plus extravagantes

Le terme « rococo » naît en France au début du XVIIIe siècle d'une contraction des mots « rocher » et « coquillage », car ce style s'inspire de leurs formes irrégulières.

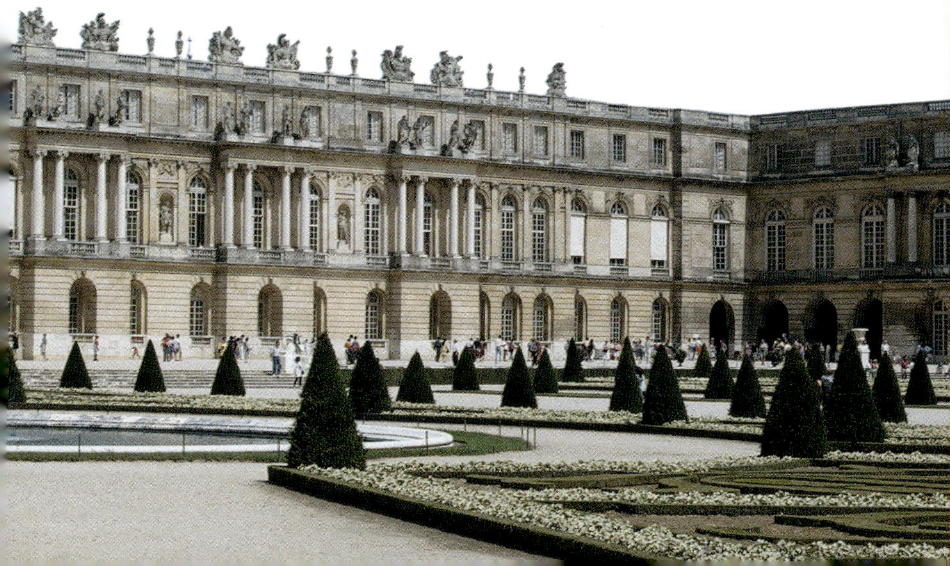

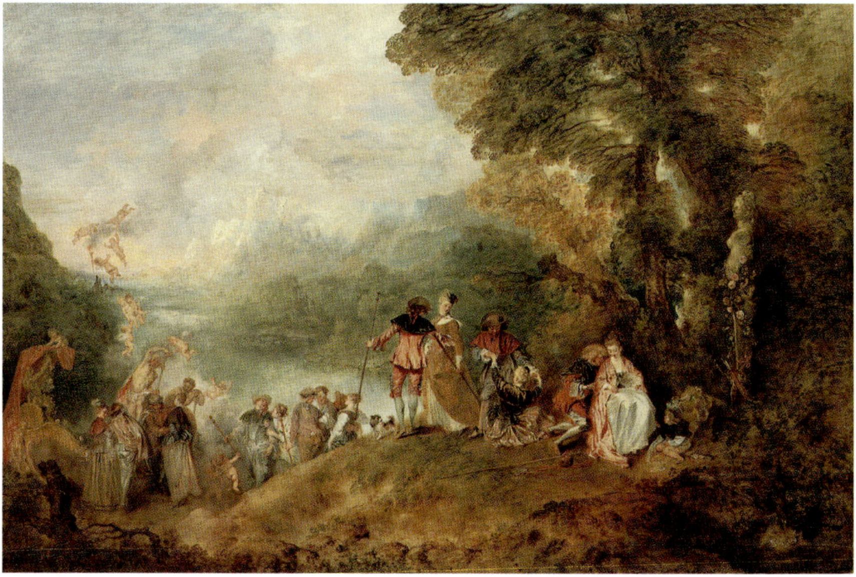

Embarquement pour Cythère *de Watteau, 1717, musée du Louvre, Paris.*
L'île semble enveloppée dans une brume de mystère. Watteau, par ses touches légères, a su rendre l'air vibrant. Des amours survolent une barque. Vient-elle d'accoster ou annonce-t-elle le départ de l'île ?

qui inspirent même la décoration intérieure. Recherchant une virtuosité élégante et raffinée afin de plaire à une noblesse désœuvrée, Antoine Watteau (1684-1721) peint de nombreuses fêtes galantes. L'une d'elles se déroule dans l'île grecque de Cythère où naquit Aphrodite, la déesse de l'amour. Des hommes et des femmes de la noblesse se font la cour, sujet léger qui assurera sa célébrité à Watteau.

PENDANT CE TEMPS, EN INDE...

L'empereur moghol Shah Jahan fait construire le **mausolée de Taj Mahal** en 1632, peu après le décès de sa femme, qui vient de mourir en mettant au monde leur quatorzième enfant. Il l'enterre provisoirement dans l'un de ses jardins et entreprend de faire édifier à Agra une sépulture d'une beauté inégalée. Est-ce par amour ? Est-ce par vanité ?
Il engage **20 000 ouvriers venus de tout l'Empire moghol** et achète plus de mille éléphants pour transporter le marbre blanc, le grès rose et les pierres précieuses. La construction du mausolée va durer environ vingt ans. L'architecte Ustad Isa a conçu un plan qui est un hommage à la symétrie, que l'on retrouve jusque dans le reflet du tombeau dans l'eau. La sobriété ornementale, liée à l'utilisation presque exclusive du marbre blanc, laisse apparaître **une véritable dentelle de marbre** dessinant des arabesques et une fine marqueterie de pierres précieuses.

Taj Mahal, 1632-1650, Agra, Inde.

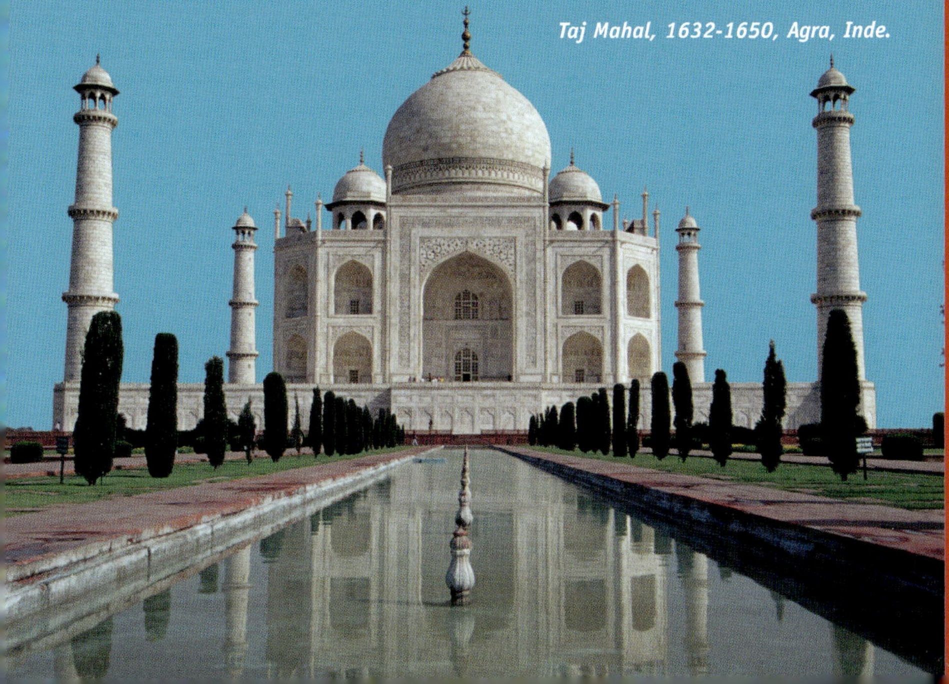

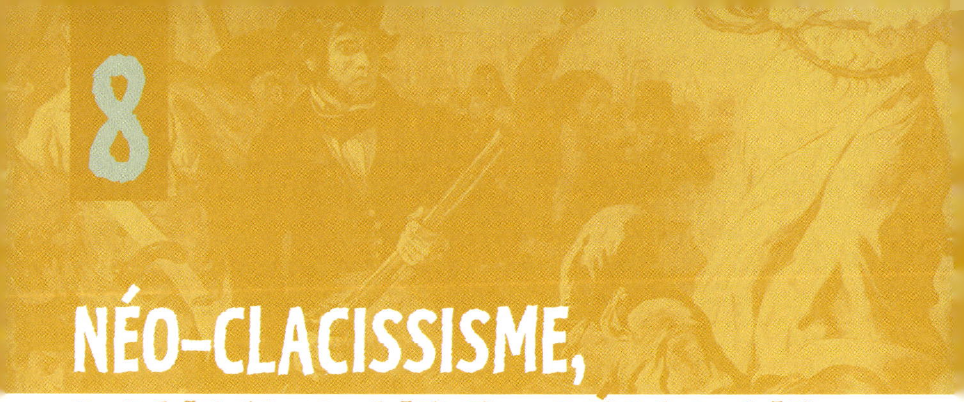

8

NÉO-CLACISSISME, ROMANTISME ET RÉALISME

Du XVIIIe au XIXe siècle

La diversité des styles

De l'affrontement du baroque et du classicisme, l'Europe sort enrichi sur le plan artistique. Les pays catholiques œuvrent dans la magnificence tandis que les pays protestants encouragent la sobriété. La nouveauté réside dans la pluralité des styles. L'Antiquité et la Renaissance ne sont plus les seuls modèles. Les sources d'inspiration se développent en marge de l'art académique.

Les académies étant subventionnées par l'État, l'art académique représente l'art officiel. Cette pratique s'avère conformiste.

Le néo-classicisme moraliste

Au cours de la seconde moitié du XVIIIe siècle, se développent les valeurs qui conduiront la France à la Révolution de 1789. Séduite par le patriotisme, le courage et l'héroïsme, la bourgeoisie dénigre la frivolité rococo de la noblesse et admire les héros grecs et romains. Grâce à l'essor de l'archéologie et aux découvertes des villes romaines de Pompéi et d'Herculanum près de Naples en Italie, les artistes explorent à nouveau les richesses de l'Antiquité. Ils s'en servent pour faire l'éloge des qualités républicaines. Le néo classicisme est né.

David, peintre officiel

Les vertus républicaines et plus tard la grandeur napoléonienne sont les sujets de prédilection du peintre Jacques Louis David (1748-1825). Ainsi,

Le Serment des Horaces, ***XVIIIe siècle, Jacques Louis David, musée du Louvre, Paris. Limitant les effets picturaux, David privilégie les lignes verticales. Sa composition attire le regard vers le centre. Malgré les détails, de sa peinture se dégage une impression solennelle de concision et de froideur.***

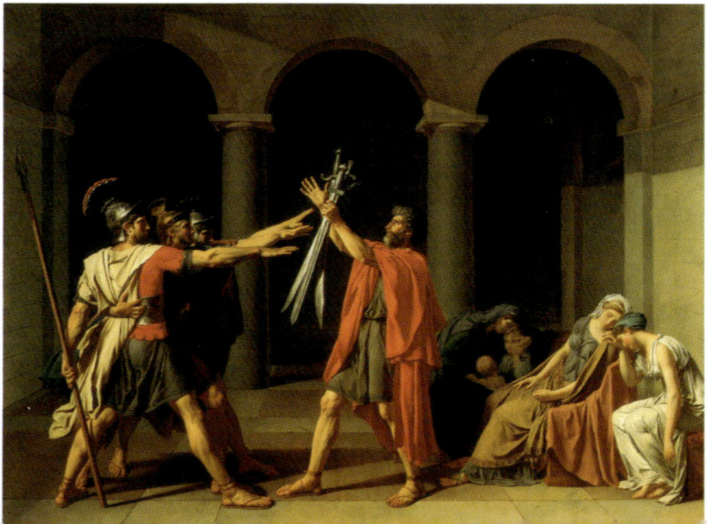

il choisit un thème exemplaire de l'histoire romaine : l'engagement pour la patrie. *Le Serment des Horaces* représente trois frères, au VIIe siècle avant J.-C., qui promettent à leur père de mourir pour Rome plutôt que de céder lors du combat contre les trois frères Curiaces représentant la ville d'Albe. Un seul Horace survivra, après avoir tué les trois Curiaces. Grâce à ce champion légendaire et à ses deux frères morts pour la patrie, Rome prit le commandement d'Albe.

Ingres ou le modelé parfait

Jean Auguste Dominique Ingres (1780-1867) est un élève de David. Comme son maître, il connaît et admire l'art de l'Antiquité. Après avoir observé avec minutie les sculptures antiques, il crée une nouvelle façon de peindre les formes du corps humain avec un dégradé de lumière. Ingres devient alors le chef de file du mouvement conservateur.

L'avènement du romantisme

En cette fin du XVIIIe siècle, en plein essor de la science, se développe en Europe un mouvement artistique où l'imagination prend le pas sur la connaissance, l'instant sur l'intemporel, la sensibilité individuelle sur la raison collective. En Allemagne, en Angleterre, en France, en Espagne, des artistes créent des œuvres qui reflètent leur

LA GRANDE ODALISQUE D'INGRES

→ Le sujet est traité par Ingres comme un nu oriental. Outre le titre, *La Grande Odalisque*, les accessoires évoquent l'Orient.
Contrairement à ses prédécesseurs de la Renaissance, Ingres ne cherche pas à reproduire l'exactitude anatomique. Ainsi, le dos de son odalisque est si long que le nombre des côtes humaines ne suffirait pas à le soutenir. Il cherche à transcrire le modelé du corps et le velouté de la peau. Il donne à cette femme **tous les attributs de la sensualité,** mais choisit une harmonie de couleurs froides, dans les gris et les bleus. Ainsi, il renforce **le mystère de ce nu à peine dévoilé**. Cette œuvre a été décriée par les critiques lors de sa présentation au Salon de peinture de 1819.

L'odalisque est une femme de harem.

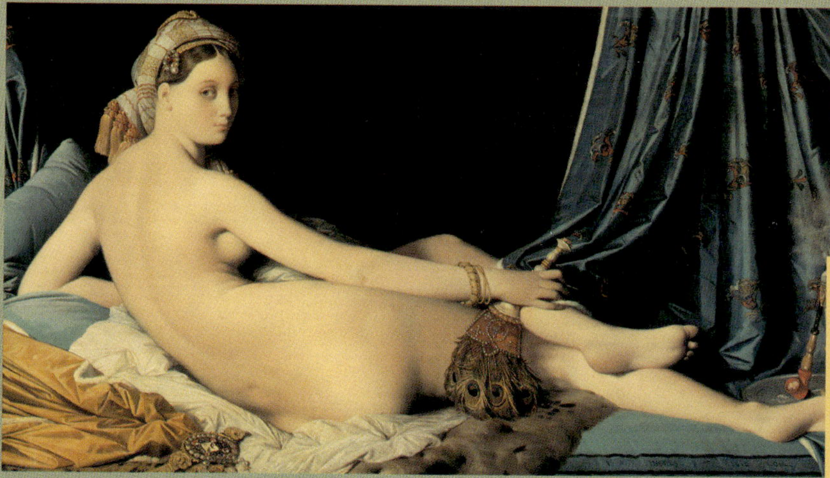

La Grande Odalisque ***de Jean Auguste Dominique Ingres, 1819, musée du Louvre, Paris.***

nature tourmentée. On les appelle les romantiques. Pour eux, la couleur prime sur le dessin et le trait de contour doit disparaître au profit d'un certain flou.

Du rêve à la tragédie

Les principaux peintres romantiques anglais qui font du paysage leur sujet essentiel sont John Constable et William Turner.

La nature devient un miroir de l'âme. Les romantiques anglais expriment dans des peintures de paysages les émotions qui les submergent et que la nature leur inspire. L'un d'eux, William Turner (1775-1851), peint des tableaux qui évoquent des rêves baignés de lumière. Couleurs insolites, effets de mouvements, tout est conçu pour faire partager au spectateur sa vision subjective du monde.

En Allemagne, le peintre romantique le plus connu est Caspar David Friedrich.

Les thèmes choisis par les romantiques en France ont souvent une dimension tragique. La mort, les catastrophes, les allégories sociales remplissent des toiles aux dimensions souvent gigantesques. Eugène Delacroix (1798-1863) est le chef de file des romantiques français.

Les deux amis

Eugène Delacroix est un grand ami de Théodore Géricault (1791-1824). Ils croient que tous les thèmes romantiques peuvent être abordés. Géricault meurt à trente-trois ans, laissant des œuvres peu nombreuses mais d'une très grande force.

VENISE LE MATIN PAR WILLIAM TURNER

Lors de ses nombreux voyages entre son Angleterre natale, l'Italie et la France, Turner observe les différences de lumière. Parce qu'il peint beaucoup de paysages, il est particulièrement **sensible aux changements apportés par le soleil, selon le moment de la journée et la saison**. Il termine ses toiles dans son atelier, ce qui lui apporte une grande liberté par rapport à la réalité. Lors d'un séjour à Venise, il peint la ville au lever du jour. Le soleil, pâle disque jaune, est déjà éclatant. Il embrase la lagune d'un rougeoiement qui traverse la toile du ciel jusqu'à la mer. Gondoles, maisons et églises sont enveloppées dans cette brume orangée, les rendant difficiles à discerner.

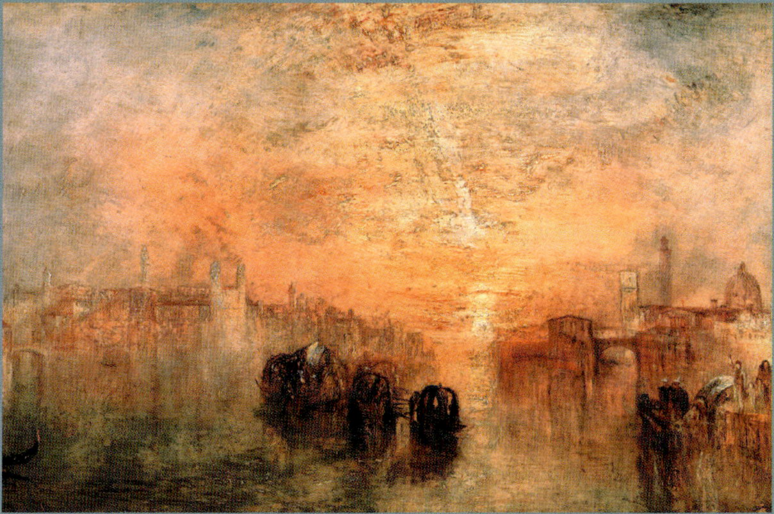

Venise le matin *de William Turner, 1843, Tate Gallery, Londres, Angleterre.*

LA LIBERTÉ GUIDANT LE PEUPLE

Delacroix est un artiste engagé qui défend les droits de l'homme. Dans cette toile, il évoque les Trois Glorieuses. La femme à la poitrine dénudée, portant le bonnet phrygien et brandissant le drapeau tricolore, est une allégorie romantique de la liberté. Le drapeau, seule tache colorée, marque le sommet d'une composition pyramidale dont la base est jonché de cadavres. Le jeune garçon à droite semble avoir inspiré à Victor Hugo le personnage de Gavroche dans *Les Misérables*. L'homme, armé d'un fusil et coiffé d'un haut de forme, pourrait être un autoportrait du peintre. Les barricades franchies, la victoire est imminente. La lumière du soleil couchant enveloppe les insurgés, laissant deviner au loin les tours de Notre-Dame de Paris. La toile exposée en 1831 est incomprise et n'entrera au Louvre qu'en 1874.

Les Trois Glorieuses sont les trois journées de révolte suite à la publication d'ordonnances par Charles X limitant les libertés.

La Liberté guidant le peuple *de Delacroix, 1830, musée du Louvre, Paris.*

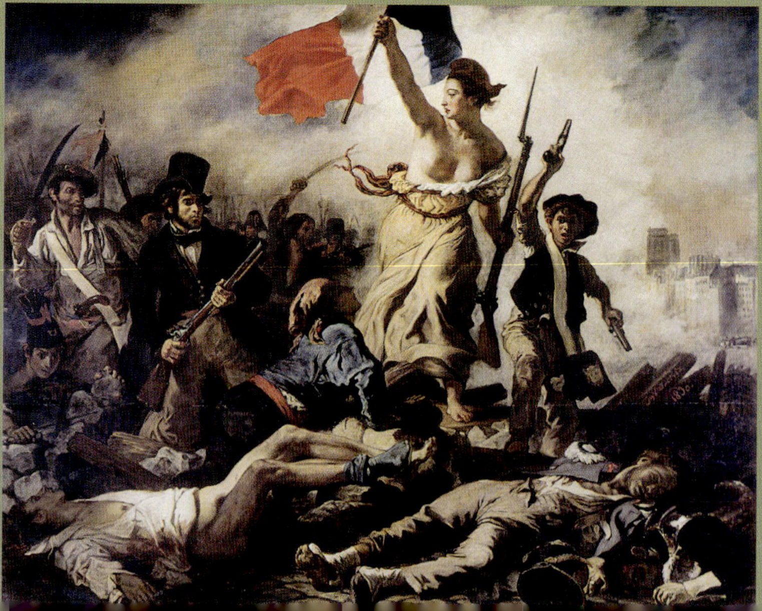

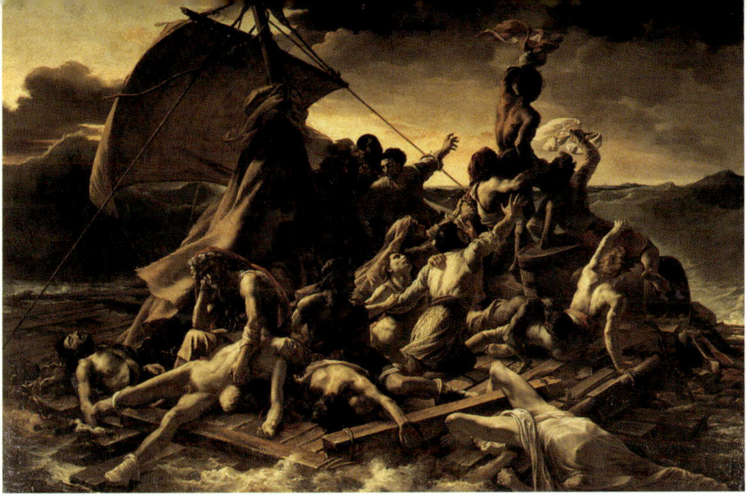

Le Radeau de la Méduse ***de Géricault, 1819, musée du Louvre, Paris.***
Les corps blafards se détachent dans un crépuscule morbide. L'espoir et la vie renaissent à l'avant du radeau tandis que la mort frappe à l'arrière.

Géricault et *Le Radeau de la Méduse*

Géricault se passionne pour les récits du naufrage de la frégate *Méduse* en 1816 auquel seuls dix hommes ont survécu. Le peintre décide de réaliser une gigantesque toile pour peindre la triste condition des hommes livrés à eux-mêmes : règlements de compte, peur, faiblesse, cannibalisme, désespoir… L'horreur est à son comble puisque le peintre décrit les naufragés apercevant un bateau dans le lointain. Au Salon de 1819, cette immense toile de 7 mètres sur 5 mètres heurte les sensibilités, mais Géricault démontre ainsi que la beauté d'un tableau ne dépend pas de la beauté de son sujet.

Les adeptes du réalisme

Face aux romantiques qui s'attachent à exprimer ce qu'ils ressentent, d'autres artistes décrivent la réalité en s'imposant la plus grande objectivité. Ils cherchent leurs sujets dans le quaotidien et non dans leurs sentiments. Ce mouvement touche la peinture mais également la littérature. Le chef de file du réalisme en France est Gustave Courbet (1819-1877).

GOYA, DÉNONCIATEUR DES TURPITUDES

Depuis 1788, Francisco de Goya (1746-1828) est le peintre officiel de la cour d'Espagne. Comme Vélasquez, il pose un œil critique sur ses modèles, mais, conformément à sa nature romantique, son regard est souvent impitoyable. Son œuvre est d'une très grande diversité : aux portraits s'ajoutent des visions de sorcières, de colosses, de folie. Il peint aussi des corridas ou des scènes se déroulant dans des auberges. Il aime dénoncer l'intolérance, les atrocités du pouvoir et de la guerre. Il reçoit une commande du gouvernement espagnol, six ans après la fusillade du 3 mai 1808. Des habitants de Madrid s'étant soulevés contre l'occupation napoléonienne, des soldats français avaient été chargés d'exécuter les émeutiers surpris l'arme à la main.

La Fusillade du 3 mai 1808 ***de Goya, 1814, musée du Prado, Madrid, Espagne.***
En créant un rai de lumière entre les soldats aux armes menaçantes et les insurgés prêts à se rendre, Goya interpelle le spectateur et le place en position d'arbitre.

Le scandaleux pique-nique !

Au Salon de 1863, Édouard Manet (1832-1883) n'a pas été autorisé à accrocher son *Déjeuner sur l'herbe*. De dépit, le peintre crée le Salon des refusés. Le sujet du tableau a heurté : une femme nue assise sur l'herbe entre deux hommes élégamment habillés. Les dimensions de cette toile imposante (2,08 m de hauteur sur 2,64 m de largeur) pour un sujet aussi léger ont également choqué : les

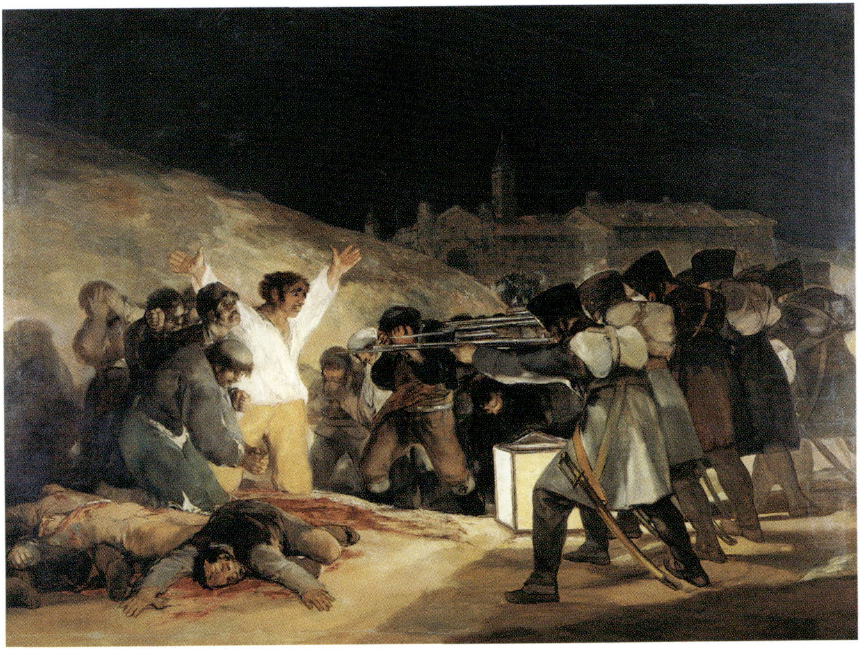

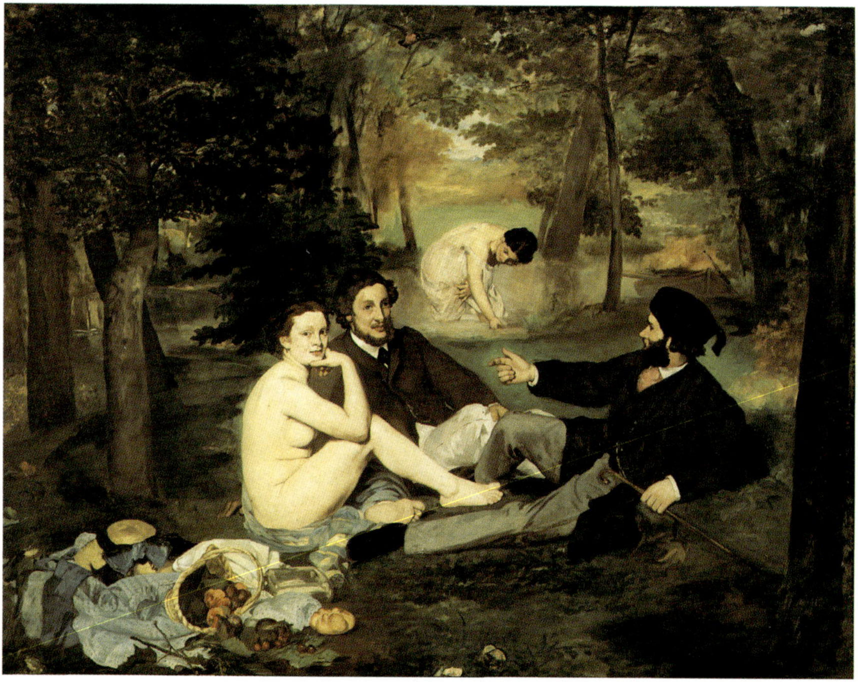

Le Déjeuner sur l'herbe *de Manet, 1862, musée d'Orsay, Paris.*

personnages sont presque grandeur nature. Mais, c'est surtout le traité qui a dérangé. Pour la première fois, un peintre a reproduit le flou d'une lumière aveuglante, acceptant de ne pas finaliser certaines touches. Les membres du jury scandalisés ont considéré que c'était de la mauvaise peinture.

PENDANT CE TEMPS, AU JAPON…

Le grand maître japonais **Katsushika Hokusai** (1760-1849), surnommé « le fou de dessin », dessine et peint tous les jours des illustrations de contes ou des scènes de la vie quotidienne. Sa liberté de composition peut surprendre ! Il n'hésite pas à tronquer un arbre ou un personnage et à perturber l'œil avec un premier plan imposant. Il est aussi graveur d'estampes, des gravures sur bois en couleur.
Les **nouvelles tonalités** l'intéressent. Ainsi, il découvre en 1830, le bleu de Prusse et l'utilise pour une grande série consacrée aux paysages qui lui apportera une renommée internationale : *Trente-six Vues du mont Fuji*. Ses estampes sont si largement reproduites qu'elles servent parfois de papier d'emballage et c'est ainsi qu'en déballant de la porce-

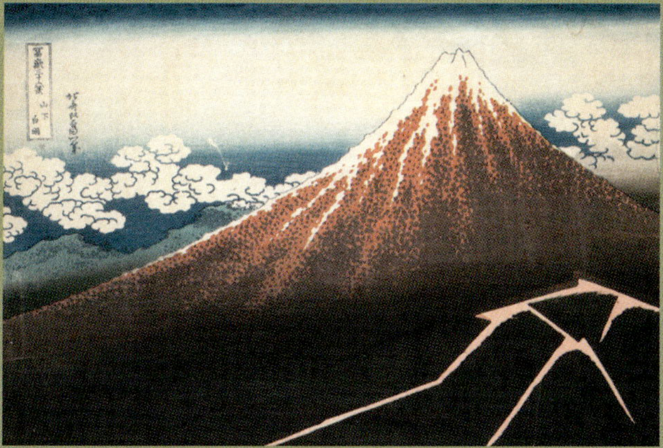

Pluie d'orage sous le sommet du Fuji ***de Hokusai, XIXe siècle, musée Guimet, Paris.***

laine en provenance du Japon, les amateurs d'art européens et américains les découvrent. Les impressionnistes seront fascinés par ces couleurs franches et cette liberté de composition. Hokusai a laissé une œuvre de **plus de trente mille dessins** !

9

IMPRESSIONNISME, SYMBOLISME, EXPRESSIONISME

Au XIXe siècle

Peindre ce que l'on voit

Influencé par Manet, de jeunes peintres partent avec leur boîte et leur chevalet peindre en plein air. Selon l'heure, le temps, la saison, un même paysage subit d'importantes transformations de couleurs. La lumière est fugitive, il faut faire vite ! Alors, les artistes peignent, sans esquisses préalables, à grandes touches rapides, les couleurs qu'ils voient. Ils ne sont pas les premiers à peindre en extérieur, mais jusqu'alors, le tableau était toujours finalisé en atelier. Les couleurs définitives obéissaient à des règles convenues qui fixaient le vert de l'herbe, celui des feuilles, le brun des troncs…

Des tubes de métal contenant les couleurs prêtes à l'emploi commencent à se vendre. Une palette pliante, des pinceaux, des tubes, un chiffon, une toile et un chevalet : désormais, le peintre peut aller peindre où il veut.

Le groupe des impressionnistes

Dans les années 1860, Monet devient l'ami de Renoir, de Bazille et de Sisley. Manet leur présente Degas. Pissarro rencontre Cézanne... Pendant dix ans, le groupe partage ses découvertes, ses échecs et ses succès. Ces peintres peignent souvent côte à côte. Parfois admis au Salon, parfois refusés, ils sont de plus en plus soutenus par des marchands et des amateurs. Tous espèrent la reconnaissance du public et des critiques.

Soutenus par Durand-Ruel, un marchand d'art, ils organisent une exposition commune en avril 1874 chez le photographe Nadar. Ils sont trente et un participants.

En France, Félix Nadar participe largement au développement de la photographie inventée en 1816. Il réalise les portraits des célébrités et prend des vues aériennes à bord d'un ballon dirigeable. Cette technique nouvelle qui reproduit le réel incite la peinture à mieux cerner ses objectifs.

Tant de sujets à peindre...

Les impressionnistes sont sans cesse sollicités par de nouveaux sujets. De l'eau pour capter les reflets de lumière, un chemin pour y surprendre les ombres du soleil, un bal pour saisir le mouvement des danseurs, un jardin, un champ, une gare... Comme il est loin le temps où les paysages servaient d'arrière-plan à des sujets nobles !

Le paysage n'apparaît comme sujet principal d'un tableau qu'au XVIIIe siècle.

Fuyant la guerre de 1870 entre la France et la Prusse, Claude Monet se réfugie à Londres. Il y découvre l'œuvre de Turner et ses lumières changeantes. Il est bouleversé, car la lumière est au cœur de ses recherches.

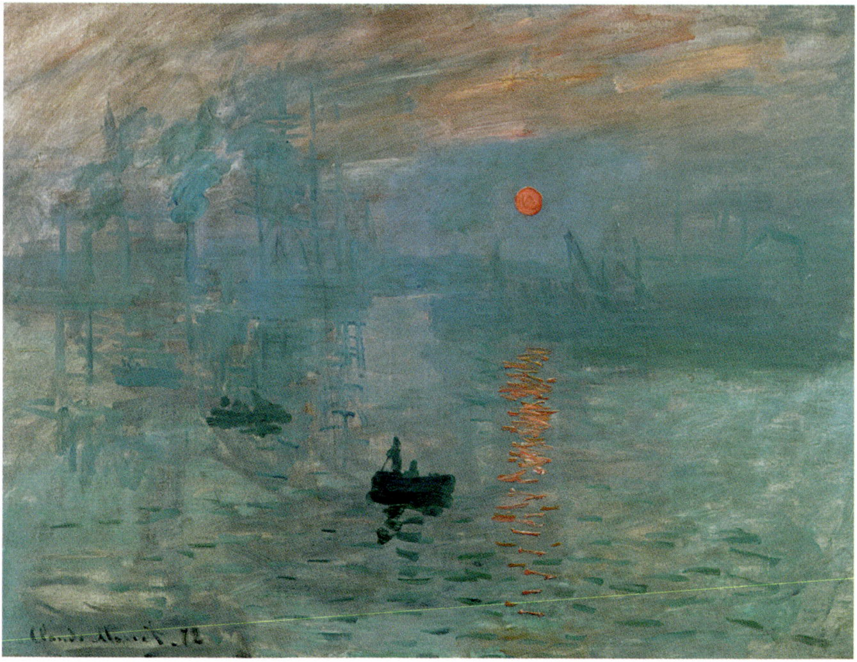

Impression, soleil levant *de Claude Monet, 1874, musée Marmottan, Paris.*
On n'y reconnaît ni le port ni la ville, on y découvre un soleil timide qui se lève sur la mer.

De retour à Paris, en avril 1874, Monet présente chez Nadar son dernier tableau, peint dans une lumière matinale de sa fenêtre, au Havre. Monet doit nommer sa toile pour l'inscrire au catalogue. Choisir un titre n'est pas facile. Il l'intitule : *Impression, soleil levant*. Un critique relève le terme et l'utilise comme une insulte pour désigner ce groupe de peintres. Ils garderont le nom d'impressionnistes.

Prendre du recul !

Le public a été habitué à juger les tableaux en s'approchant très près, pour vérifier l'exécution minutieuse des détails. Devant les tableaux des impressionnistes, les amateurs découvrent des formes qui ne sont pas cernées par un trait de contour mais traitées avec des touches vives et inégales, des formes qui ont l'air imprécises. L'œuvre leur paraît inachevée. Il leur faut se tenir à une certaine distance du tableau pour en découvrir l'harmonie générale. Le public doit apprendre à prendre du recul !

L'abandon des préjugés

Les impressionnistes observent que la lumière agit sur les couleurs. Chaque objet change de tonalité en fonction de l'intensité de celle-ci. Ils découvrent que les ombres du soleil ne sont pas noires. Elles sont sombres bien sûr, mais sont chargées de la couleur qu'elles reflètent. Alors, pour la première fois sur des tableaux, les ombres deviennent bleues ou violettes.

Le mouvement impressionniste regroupe des peintres autour d'une démarche commune, mais chacun exprime sa propre vision du monde réel. Auguste Renoir (1841-1919) peint le bal populaire du *Moulin de la Galette* un dimanche ensoleillé de l'été 1876.

LA BONHOMIE COLORÉE DE RENOIR

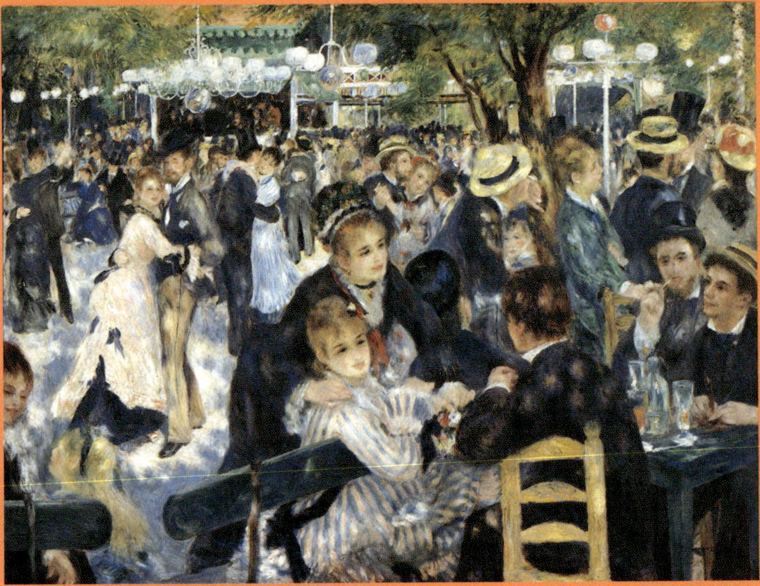

Le Moulin de la Galette ***d'Auguste Renoir, 1876, Musée d'Orsay, Paris.***

Le style de Renoir est trop novateur. Les critiques ne voient dans ce chef d'œuvre qu'une variation de bleus et des formes floues…
Ces touches de couleurs qui papillotent en se posant sur les vestes, sur les robes ou sur le sol font sentir les rayons du soleil à travers le feuillage des arbres.
La netteté du premier plan s'atténue avec la distance au profit du mouvement des danseurs, créant un effet de perspective. Le jeu complexe des regards nous invite à participer à cette scène légère et joyeuse.

Cézanne, le visionnaire

Paul Cézanne (1839-1906) est un autodidacte. Il rencontre à Paris le groupe des impressionnistes et partage avec eux un désir d'innover. Camille Pissarro lui propose un jour de s'installer avec lui à Auvers-sur-Oise. Cézanne y découvre la joie de la création en plein air. Il peint l'harmonie entre la nature et l'homme. Comme Poussin qu'il admire, ses compositions sont très structurées. Il cherche à peindre une réalité durable, pas une impression fugitive. Ses œuvres, exposées parmi celles des impressionnistes, sont encore moins comprises. Dépité, Cézanne poursuit seul ses recherches et retourne à Aix-en-Provence, la ville de son enfance. Son œuvre influencera l'art du XXe siècle. Chaque tableau de Cézanne est mûrement réfléchi, ses compositions sont très rigoureuses.

Un autodidacte ne reçoit pas d'enseignement officiel.

Les principaux thèmes développés par Cézanne sont les paysages (notamment ceux de la montagne Sainte-Victoire), les natures mortes, les baigneurs et les baigneuses.

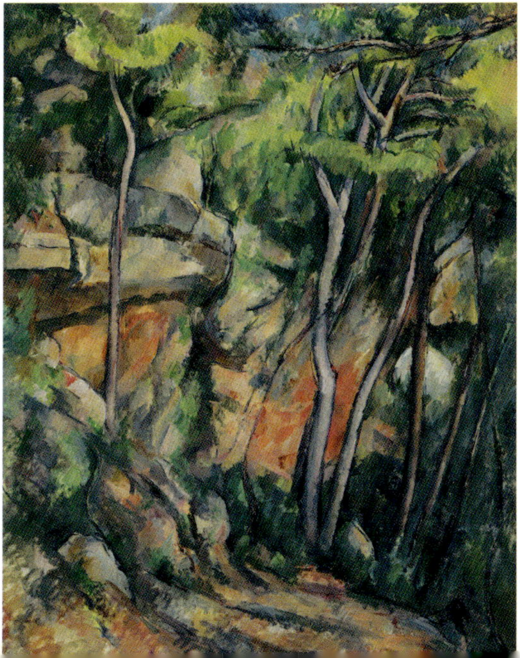

Dans le parc de Château Noir *de Cézanne, 1898, musée de l'Orangerie, Paris. Les troncs structurent l'espace. Les touches contrastées d'ombres et de lumières animent la composition. Les rochers sont modelés en formes géométriques.*

Les influences de l'impressionnisme

Parmi les nombreuses sculptures de Rodin, les plus célèbres sont *Le Penseur*, *Le Baiser*, *Les Bourgeois de Calais* et le buste de *Balzac*.

De nombreux peintres et sculpteurs sont influencés par les découvertes des impressionnistes. Ce mouvement retentit sur le sculpteur Auguste Rodin (1840-1917). Le succès de celui-ci est considérable mais on lui reproche, comme aux impressionnistes, un manque de minutie. Des empreintes encore visibles dans un bronze ou une partie non sculptée d'un bloc de marbre dérangent un public persuadé que la qualité se juge à la loupe !

Van Gogh l'expression du tourment

Van Gogh vend des œuvres d'art pour son oncle, puis se tourne vers la théologie, avant de décider à 27 ans seulement de devenir peintre. Son frère Théo le soutiendra autant financièrement que moralement.

Vincent Van Gogh (1853-1890) rencontre les impressionnistes à Paris et intègre certaines de leurs pratiques comme la suppression des ombres portées et le fractionnement des touches. Son style est cependant très spécifique. Van Gogh ne cherche pas à imiter la nature telle qu'il la voit mais la peint telle qu'il la ressent. Van Gogh insuffle du tempérament à ses paysages.

Dans *Les Blés jaunes au cyprès*, ses couleurs atteignent une très forte intensité, les arbres se tordent, les champs de blé se plient sous l'effet du vent, les nuages semblent bouger. Les peintures de Van Gogh sont habitées d'une vie propre. Il aime peindre les visages, mais il n'a pas assez d'argent pour s'offrir des modèles. Alors, face à un miroir, il réalise de nombreux autoportraits.

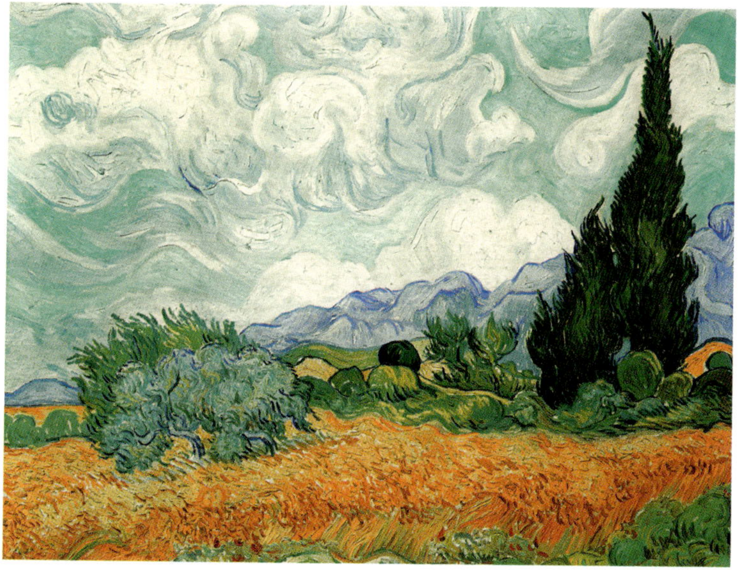

Les Blés jaunes au cyprès *de Van Gogh, 1889, National Gallery, Londres, Angleterre.*

Gauguin, en hommage à la simplicité

Paul Gauguin (1848-1903) rencontre les impressionnistes en 1874. C'est une révélation pour lui. Il se met à peindre et quitte le monde des affaires. Il expose avec eux de 1876 à 1886, puis part en Bretagne où il fonde l'école de Pont-Aven. Il s'installe ensuite à Arles avec Van Gogh qu'il quitte après une violente dispute. Ruiné, il part pour Tahiti et meurt aux îles Marquises. Il s'efforce de peindre avec simplicité, comme les vahinés qui l'inspirent. Ses larges aplats de couleurs vives et ses contours

L'école de Pont-Aven rassemble des peintres autour de Gauguin. Contrairement aux impressionnistes, ils cernent les formes avec des contours nets et larges et peignent des aplats de couleurs.

Après avoir tenté de blesser Gauguin avec un rasoir, Van Gogh se mutile en se coupant une oreille.

nets auront une influence déterminante auprès des nabis (Bonnard, Vuillard, Maurice Denis...).

Le pointillisme

Le fractionnement des touches exploré par les impressionnistes devient un axe de recherches pour Georges Seurat (1859-1891). À une certaine distance, l'œil ne discerne plus la séparation entre les touches et en se fondant entre elles, naissent des nuances qui n'existent pas sur la toile. En peignant des touches juxtaposées de couleurs primaires, l'œil humain crée des couleurs secondaires. Paul Signac (1863-1935) se rallie à ses recherches et adopte le terme de pointillisme. Cette méthode volontariste est à l'opposé de la spontanéité recherchée par les impressionnistes.

Les trois couleurs primaires sont le bleu, le rouge et le jaune car ajoutées au noir et au blanc, elles permettent de composer toutes les couleurs. Les couleurs secondaires ou composées sont le vert, l'orange et le violet.

Le symbolisme

En cette fin du XIXe siècle, naît encore un mouvement qui rassemble des peintres, des sculpteurs, des écrivains et des musiciens. Ils veulent exprimer l'irrationnel, leurs désirs conscients et inconscients, leurs visions. Alors que la révolution industrielle prône la science, la matière, le réalisme et la raison, le symbolisme encense l'imaginaire, les rêves, les phénomènes surnaturels, le mysticisme et les grandes figures mythologiques. Ce mouvement touche toute l'Europe.

En France, le symbolisme réunit les peintres Puvis de Chavannes, Gustave Moreau, Odilon Redon et Lucien Lévy-Dhurmer. En Autriche, il est représenté par Gustav Klimt et en Belgique par Fernand Khnopff (1858-1921). Ce maître du symbolisme construit ses œuvres comme des énigmes à résoudre.

L'expressionnisme

Certains artistes transposent dans leurs œuvres les tourments qui les hantent. Ainsi, Vincent Van Gogh a inventé les tourbillons de couleurs qui expriment la violence de ses sentiments. Edvard Munch (1863-1944), peintre norvégien et un des maîtres de l'expressionnisme, peint un tableau qu'il nomme *Le Cri* dans lequel la terreur qu'il exprime est si forte qu'il nous semble entendre ce cri d'angoisse inaudible. James Ensor (1860-1949), un expressionniste belge, remplit ses toiles de masques et de têtes de mort. Schiele, Soutine, Kirchner, peignent leur mal-être, déformant parfois le réel jusqu'à la caricature pour atteindre leur but. Les amateurs d'art, à la recherche des critères classiques de beauté, sont heurtés par cette violence exacerbée.

Le Cri a été volé en août 2004 dans le musée Munch d'Oslo. En pleine journée, deux hommes cagoulés se sont emparé du chef-d'œuvre. *La Joconde* a également été volée en 1911 au Louvre, mais on l'a retrouvée à Florence deux ans plus tard !

Ensor, les masques et la mort

L'artiste, au centre de la toile, jette un regard inquiet. Il est entouré d'une foule, grimaçante, où des masques côtoient des visages terrifiants et des

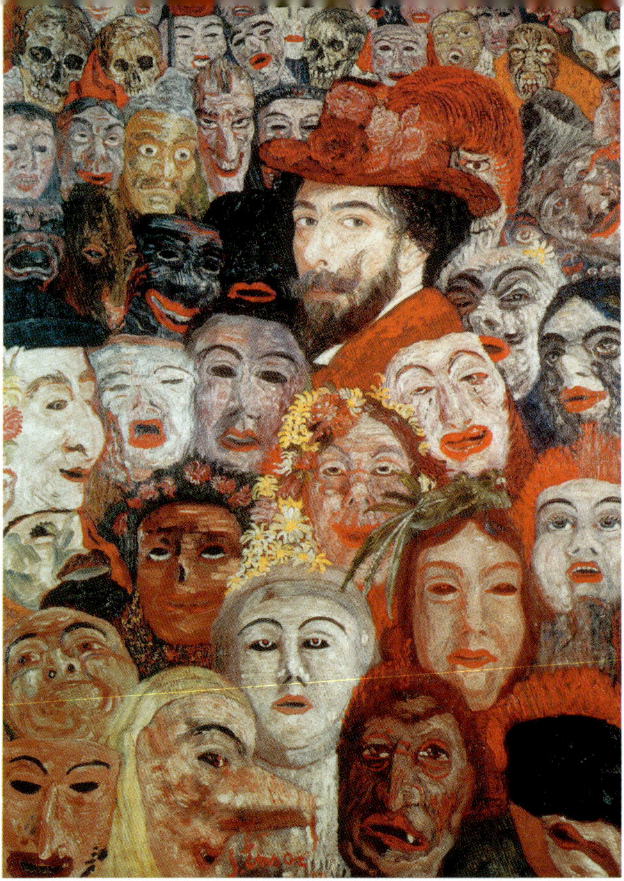

Autoportrait avec des masques *de James Ensor, 1899, Menard art Museum, Aichi, Japon.*

têtes de mort. Au milieu de ce carnaval morbide, le peintre détonne par le raffinement de sa tenue. Blessé moralement, comme en témoigne le rouge de son chapeau et de sa veste, il semble condamné à souffrir au cœur de la laideur humaine.

PENDANT CE TEMPS, EN AFRIQUE...

En Afrique, l'art fait partie de la vie quotidienne. Chaque tribu a ses propres coutumes parmi lesquelles les peintures et les sculptures jouent un rôle important. Les savoir-faire se transmettent de père en fils. Les danseurs portent d'admirables masques lors des cérémonies.

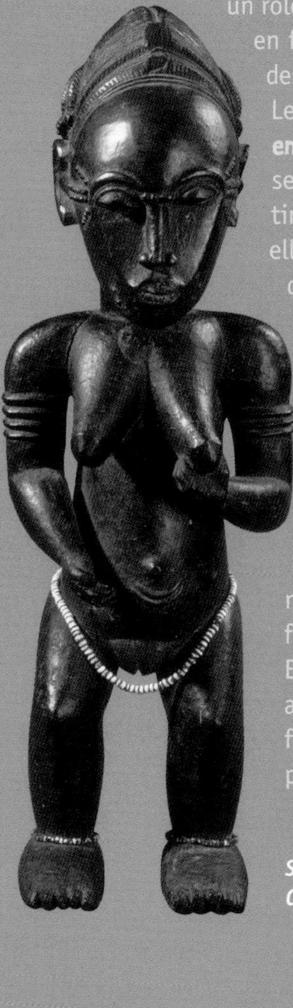

Les sculpteurs fabriquent aussi **des statues en bois ou en bronze** utilisées lors des rites, pour chasser le mal, se venger ou attirer le bien. On offre des statues destinées à favoriser la fécondité ou la puissance. Parfois, elles servent à rendre hommage à un souverain ou à des coutumes funéraires.

Des têtes en bronze, en provenance du Bénin, datant de plus de cinq siècles, sont d'**un réalisme exceptionnel**, prouvant l'habileté des sculpteurs dans l'imitation de leurs modèles. Les sculpteurs africains ont choisi volontairement de simplifier les visages et de symboliser les yeux, le nez et la bouche par des formes géométriques.

Le Congo, le Gabon, et la Côte-d'Ivoire sont des régions où la réalisation de statues et de masques fut très importante.

En découvrant l'art africain au début du XXe siècle, les artistes européens vont évoluer vers un art moins figuratif. Picasso et Matisse ont été très influencés par les sculptures d'Afrique et d'Océanie.

Statue blolo bla, pour la fécondité, Baoulé, Côte-d'Ivoire, musée du Quai-Branly, , Paris.

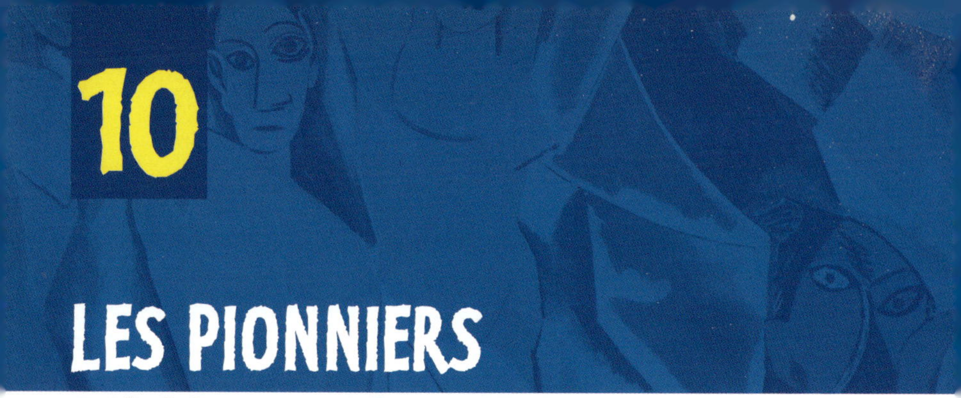

10

LES PIONNIERS DE L'ART MODERNE

Au XXe siècle

Paris, capitale artistique

Au début du XXe siècle, Paris est le centre artistique du monde. Peintres, écrivains, musiciens arrivent de tous les coins de France, de tous les pays et se retrouvent à Montmartre dans des cafés que l'on nomme cabarets. De nombreux peintres vivent et travaillent dans une grande bâtisse du quartier surnommée le « Bateau-Lavoir ». Sans argent pour la plupart, ils partagent leurs idées, leurs souffrances, leurs joies, leurs espoirs. Ils rient, boivent ensemble et se montrent leurs œuvres respectives. La production artistique est intense et variée.

Le Bateau-Lavoir est le nom donné par l'écrivain Max Jacob en 1903 à ce bâtiment sans eau et sans électricité, dans lequel son ami Pablo Picasso s'installe. L'adorable concierge apportait de la soupe aux plus démunis.

Pablo Picasso, la vie en bleu

Un jeune Espagnol aux yeux de braise, du nom de Pablo Picasso (1881-1973), fascine ses contemporains. Remarquable dessinateur, il ne peint que la solitude et la souffrance depuis le suicide de son ami peintre Casagemas. Pour exprimer sa douleur, Picasso peint la vie en bleu, couleur de la mélancolie. Pour la première fois, la couleur et le sujet servent le même objectif et métamorphosent la réalité. Incompris, Picasso ne vend plus de tableaux mais persiste dans cette voie.

Le fauvisme réunit les peintres qui simplifient les formes et se servent de couleurs pures pour peindre leurs émotions. Ce sont Derain, Marquet, Manguin, Vlaminck, Van Dongen...

Matisse, la vie en couleurs

Henri Matisse (1869-1954) expose *La Femme au chapeau* au Salon de l'automne 1905. Son tableau ressemble à une explosion de couleurs sorties directement des tubes de peinture. Ces couleurs pures, choisies en fonction de ses émotions, modifient également la réalité. Le public est scandalisé par ce qu'il nomme des bariolages. Matisse est le chef de file d'un nouveau mouvement : le fauvisme.

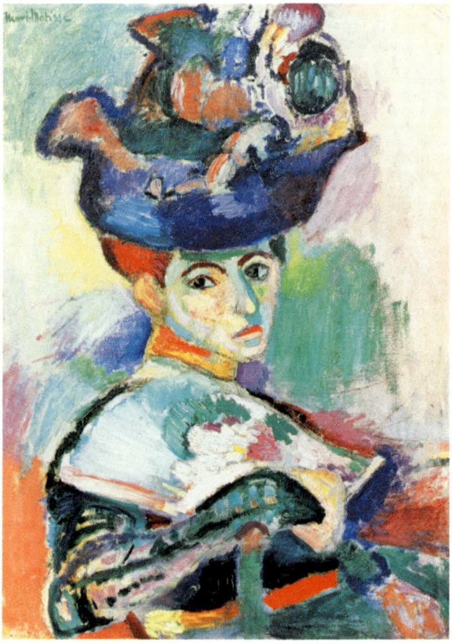

La Femme au chapeau ***d'Henri Matisse, 1905, musée d'Art moderne de San Francisco, USA.***

La rencontre de deux géants

Pablo Picasso rencontre Henri Matisse à Paris chez la collectionneuse américaine Gertrude Stein. Pablo a vingt-sept ans et Henri trente-cinq. Amitié, admiration et jalousie, tels seront leurs liens désormais. Matisse poursuit ses explosions de couleurs, Picasso, fou amoureux depuis un an, est passé du bleu au rose. Un soir, en découvrant chez Matisse une statue africaine, Picasso est bouleversé. Il décide de s'inspirer de la simplicité des statues primitives, des sculpturales vahinés de Gauguin, du rythme des baigneuses de Cézanne et des nus sensuels d'Ingres pour créer un nouveau style. Il comprend qu'il faut inventer une perspective inédite, que la tradition issue de la Renaissance est définitivement morte.

L'une des œuvres les plus célèbres de la période rose (1905 à 1906) est *La Famille de saltimbanques*.

Picasso va régulièrement au musée du Trocadéro voir des statues du Congo, de Côte-d'Ivoire et de Nouvelle-Calédonie. L'art africain aura également une influence déterminante sur l'œuvre du sculpteur anglais Henry Moore (1898-1986).

La naissance du cubisme

Après avoir rejeté dans un premier temps *Les Demoiselles d'Avignon,* Georges Braque (1882-1963) demande à son ami Picasso de poursuivre avec lui dans cette voie qu'il a ouverte. Ils s'appuient sur toutes les figures géométriques qui comportent plusieurs faces, cubes, cylindres, cônes… aussi trouvent-ils bien limité le mot « cubisme » que la critique leur applique ! Leurs œuvres choquent, la réalité fractionnée n'est plus identifiable.

Le mot « cubisme » a été inventé par un critique d'art en 1908 pour désigner les recherches de Braque et Picasso.

LES DEMOISELLES D'AVIGNON

→ Sans relâche, Picasso simplifie. Les proportions disparaissent. Le corps humain se limite à quelques blocs, la géométrie prend le pas sur la nature. Pendant neuf mois, Picasso travaille jour et nuit et ébauche tant d'esquisses, qu'il ne lui faut que quelques jours pour réaliser cette œuvre déterminante. Les corps et les visages des cinq femmes nues sont fragmentés en **formes géométriques qui annoncent le cubisme**. La femme de gauche rappelle les peintures égyptiennes, celle du fond les statues primitives et celle de devant ne ressemble à rien de connu avec son visage déformé. La perspective est si bouleversée qu'on reconnaît à peine une table sous le compotier !

En découvrant la toile, les amis de Picasso sont choqués. Georges Braque déclare que « c'est une peinture de cracheur de feu ». Seuls Gertrude Stein et Kahnweiler, le marchand de Picasso, sont enthousiastes. Une fois encore, Picasso se sent seul mais résolu à poursuivre ses recherches.

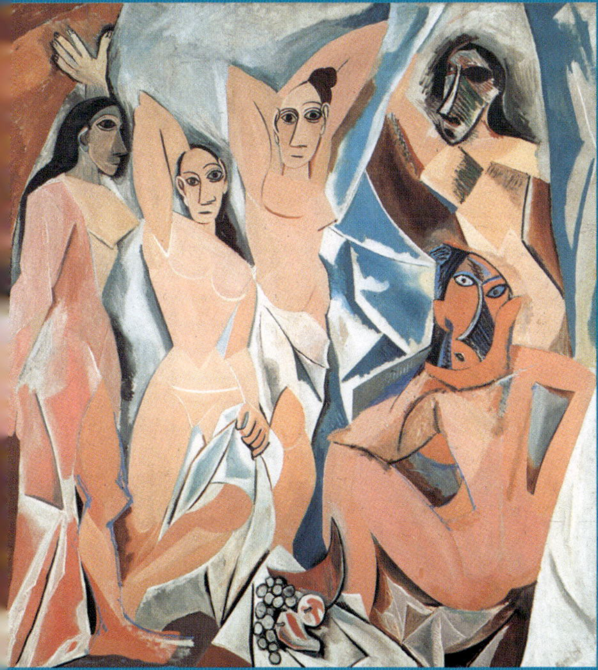

Les Demoiselles d'Avignon
de Pablo Picasso, 1907, Museum of Modern Art, New York, USA.

Le cubisme, un nouveau repère

Un camaïeu est un ensemble de tons d'une même couleur du plus clair au plus foncé, utilisés dans un ordre indifférent.

Les sujets disparaissent derrière des formes géométriques qui se fondent dans des camaïeux de gris et de bruns. L'apparence a volé en éclats, toutes les facettes sont dévoilées simultanément, comme si la réalité essentielle dépendait d'une vision globale, comme si la surface de la toile n'était pas plane. Le cubisme se rapproche alors de l'abstraction, mais Picasso et Braque s'en défendent. Ils mettent à nouveau des couleurs dans leurs œuvres et utilisent de vrais éléments comme de la toile cirée, des morceaux de journaux, des cartes, des allumettes ou du sable. Pour eux, l'idée créatrice suffit pour apporter sa noblesse à l'art. C'est à nouveau un scandale ! Picasso et Braque ont ainsi posé les fondements de l'art moderne.

De la figuration à l'abstraction

Walter Gropius fonde en 1919 à Weimar une école d'architecture nommée le Bauhaus, qui réconcilie les métiers d'architecte et d'ingénieur et qui fait intervenir de grands peintres comme Paul Klee ou Wassily Kandinsky. Le style du Bauhaus aura une influence considérable en Europe.

Cézanne, Picasso, Braque, Matisse ont compris les limites de l'imitation de la nature par les impressionnistes. Ils sont persuadés que reproduire la nature est un mirage. Cependant, ils n'abandonnent pas l'idée de l'interpréter. À partir de 1910, certains peintres vont accorder la priorité à la forme au détriment du sujet. La peinture est pour eux une construction, comme l'architecture. Il n'y a plus de figuration identifiable du monde, c'est la naissance de l'art abstrait. Ces pionniers ont en commun une forte spiritualité, un intérêt pour la musique et une grande culture scientifique.

Kandinsky, l'émotion pure

Wassily Kandinsky (1866-1944), un peintre d'origine russe, est l'un des pionniers. Sa démarche mystique est ambitieuse. Il pense qu'un tableau doit exprimer des émotions pures. L'art devient un moyen de connaissance de soi et du monde.

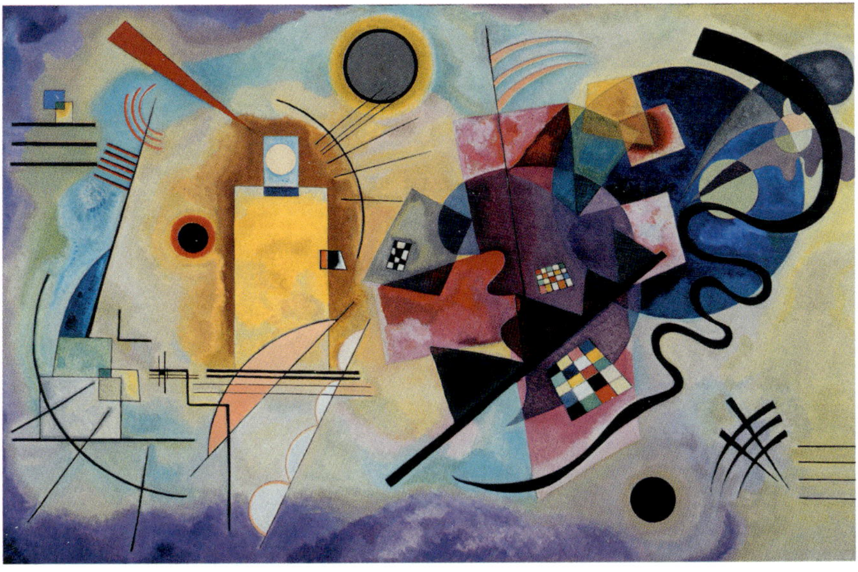

Jaune-rouge-bleu *de Wassily Kandinsky, 1925, Centre Pompidou, Paris.*
Le bleu et le rouge s'entrechoquent, le jaune reste à l'écart. Deux lignes noires, l'une courbe et l'autre droite, renforcent le lien entre le bleu et le rouge qui se rejoignent en violet. Quelques motifs noirs sont isolés comme des ponctuations musicales.

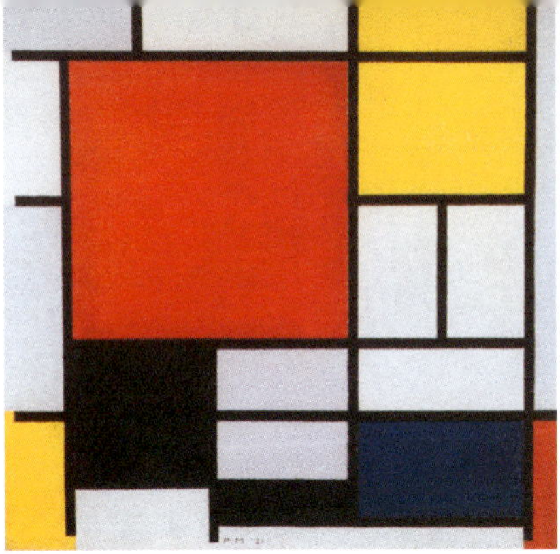

Composition avec rouge, jaune et bleu, *de Mondrian, 1921, La Haye, Hollande.*
Les horizontales, les verticales et les masses colorées en contrepoids tendent vers un équilibre.

La géométrie de Mondrian

Le peintre hollandais Pieter Cornelis Mondriaan, dit Piet Mondrian (1872-1944), cherche lui aussi à appréhender le monde. Il souhaite exprimer la structure immuable de l'univers au moyen d'une simplification absolue. Dès 1917, ses recherches aboutissent à l'utilisation de lignes droites verticales et horizontales et à l'emploi exclusif de couleurs pures. Il poursuit l'harmonie et la justesse dans l'abstraction géométrique.

Le suprématisme de Malevitch

Kasimir Malevitch (1878-1935), russe d'origine polonaise, poursuit sa connaissance du monde invisible au moyen de

Carré noir *de Kasimir Malevitch, 1923-1930, Centre Pompidou, Paris.*

l'art. Il choisit des formes fondamentales, pour appréhender la Vérité suprême qu'il recherche. Ces formes sont le carré, le cercle, la croix. Il appelle sa quête « le suprématisme ».

De multiples ouvertures

Des voies artistiques insoupçonnées jusqu'ici ont été découvertes. L'art occidental peut dès lors se développer dans de multiples directions, art figuratif, art abstrait, collages, mobiles…

Ont contribué à l'essor de l'abstraction : Frantisek Kupka (1871-1957), peintre tchèque, le sculpteur roumain Constantin Brancusi (1876-1957), qui simplifie les formes à l'extrême en utilisant le cube, l'ovale et l'œuf, l'Américain Alexander Calder (1898-1976) qui sculpte des mobiles, le Suisse Paul Klee (1879-1940) qui a créé un univers, constellé de signes.

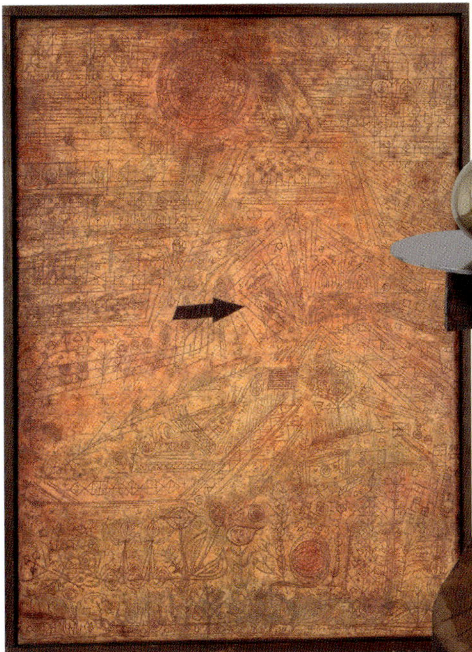

Flèche dans le jardin *de Paul Klee, 1929, Centre Pompidou, Paris.*

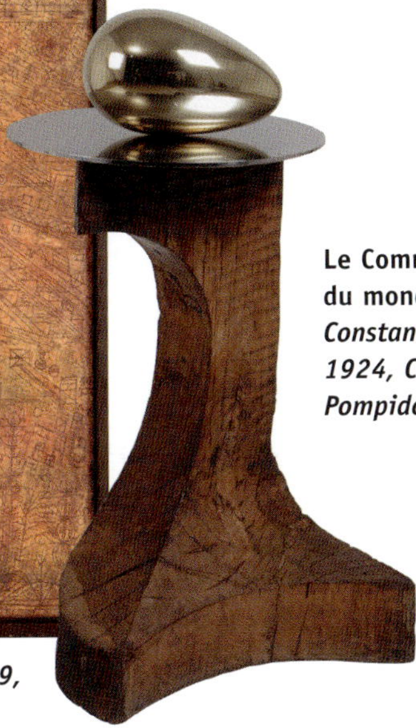

Le Commencement du monde *de Constantin Brancusi, 1924, Centre Pompidou, Paris.*

11

DE L'ART MODERNE À L'ART CONTEMPORAIN

Du XXe au XXIe siècle

En 1917, Marcel Duchamp achète un urinoir dans un grand magasin, le baptise « Fontaine », le signe R. Mutt et l'envoie à La Société des artistes indépendants… Le jury scandalisé refuse de l'exposer !

Fascinés par l'Amérique

La guerre de 1914-1918 incite certains artistes à fuir l'Europe et à se rendre aux États-Unis. Affranchi de nos traditions millénaires, ce pays plein d'audace fascine les Européens. Bien accueillis par les collectionneurs américains, les peintres et les sculpteurs exposent à New York et y diffusent l'art d'avant-garde.

Duchamp et la question de l'art

Dès 1915, Marcel Duchamp (1887-1968), peintre et sculpteur français, partage sa vie entre New York et Paris. Duchamp s'interroge sur le statut de l'art.

Il pense que des produits industriels, des « ready-made » comme il les appelle, peuvent se transformer en œuvres d'art, en portant sur ces objets un regard différent de leur usage initial. En remettant en question la définition de l'art, il a ouvert la voie aux démarches les plus extrêmes.

Le surréalisme et l'inconscient

Le mouvement Dada a été créé en 1916 à Zurich (Suisse) pour lutter contre l'évolution inquiétante du monde occidental. Les principaux membres sont à Zurich l'écrivain Tristan Tzara, le sculpteur Arp, à New York Duchamp, Picabia et Man Ray, à Berlin Grosz, Raoul Haussmann, à Cologne Max Ernst, à Paris André Breton. Leurs armes sont la provocation et la dérision. Le mouvement s'éteint avec l'essor du surréalisme. André Breton (1896-1966), écrivain et membre du groupe Dada, fonde le surréalisme. Le groupe réunit de farouches défenseurs de la liberté, hostiles aux conventions sociales. Ces artistes inventent « l'écriture automatique ». Ils utilisent leur imagination et leurs rêves pour tenter de connaître le fonctionnement de la pensée. L'art doit révéler l'inconscient. En peinture, les surréalistes, que ce soit Joan Miró par l'abstraction ou René Magritte par la création d'un monde imaginaire, créent des associations d'images surprenantes et des univers fantastiques.

Les principaux membres du surréalisme sont les écrivains André Breton, Philippe Soupault, Aragon, Eluard, Artaud, René Char et les peintres Miró, Dali, Max Ernst, Magritte, Masson, Giorgio De Chirico, Tanguy, Brauner, Bellmer, Matta. Ce mouvement durera jusqu'au début des années 1960.

L'écriture automatique, ou peinture automatique, est un exercice au cours duquel la main doit librement écrire, dessiner ou peindre sans être censurée par l'esprit rationnel.

La gaieté de Miró

Le peintre et sculpteur espagnol Joan Miró (1893-1983) adapte « l'écriture automatique » à la peinture. Il trace sur la toile des traits noirs. Il crée ainsi des formes étranges qu'il remplit ensuite de couleurs vives. Certaines formes deviennent des étoiles, des notes de musique, des animaux, des créatures étranges, d'autres restent non identifiées. L'humour, la fantaisie et le mouvement caractérisent les œuvres de Miró.

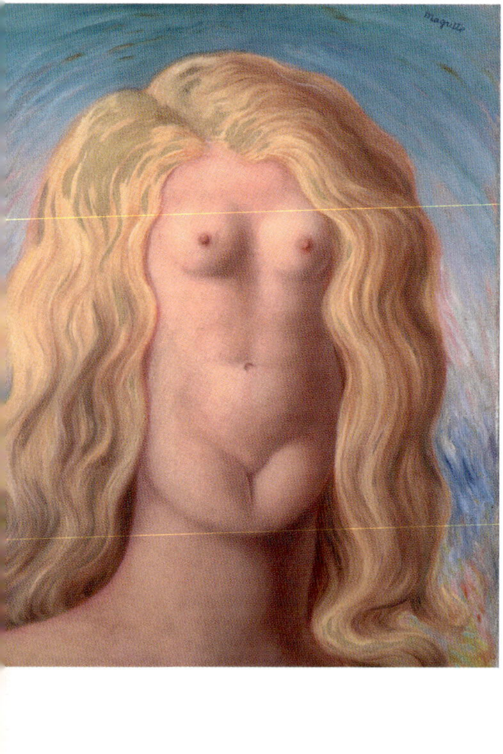

La poésie de Magritte

Le peintre belge René Magritte (1898-1967) remet en question les définitions faites par les hommes. Ainsi, sous l'image d'une pipe écrit-il « Ceci n'est pas une pipe ». Il en résulte un dépaysement poétique. Dans ses tableaux, le jour et la nuit coexistent, la pesanteur disparaît, les objets s'animent… Contrairement à Miró, Magritte compose consciemment toutes ses images.

Le Viol ***de René Magritte, 1945, Centre Pompidou, Paris.***

Les témoignages sur la guerre

Après le rêve, le réel refait surface dans l'art. Dès 1936, la guerre civile a divisé l'Espagne. L'Europe se déchire durant la guerre de 1939-1945. Certains artistes utilisent leur talent pour témoigner des souffrances des hommes. Picasso peint le bombardement de Guernica, Giacometti sculpte la fragilité des hommes, Zoran Music peint les camps de concentration. Plus tard, Joseph Beuys mettra en scène de la graisse et du feutre en hommage aux nomades à la suite d'un accident d'avion en 1943.

Giacometti et la fragilité humaine

Depuis la Seconde Guerre mondiale, Alberto Giacometti (1901-1966) sculpte des hommes et des femmes d'une maigreur extrême, qu'il étire au-delà des proportions habituelles. Il sculpte inlassablement le vide et le silence autour de ces êtres fragiles : des bustes, des silhouettes statiques ou des hommes en marche. Les irrégularités de la surface, en plâtre ou en bronze, renforcent l'impression de vulnérabilité et de souffrance. Giacometti s'éloigne du réel en l'épurant et en l'étirant jusqu'à créer une nouvelle réalité. Chaque œuvre est le résultat d'une grande souffrance

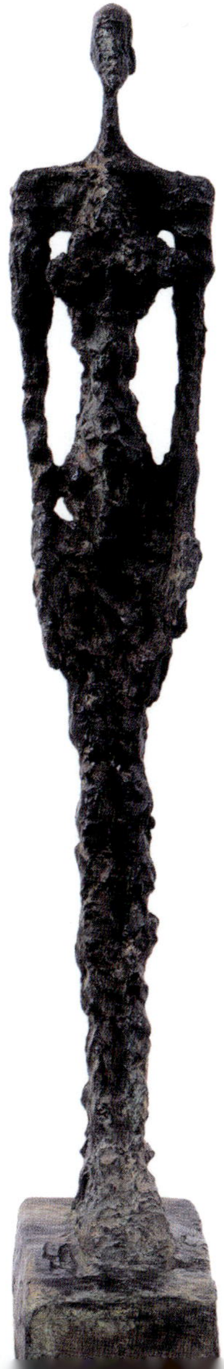

Femme de Venise IV *de Giacometti, 1956, Museum Berggruen, Berlin, Allemagne.*

morale pour son créateur, assortie de doutes sur son art.

L'essor de l'abstraction

Comme pour effacer les horreurs de la guerre, l'abstraction se développe de part et d'autre de l'Atlantique. Parmi les peintres abstraits d'après

Guernica ***de Pablo Picasso, 1937, musée du Prado, Madrid, Espagne.***
Très affecté par la guerre civile en Espagne, Picasso réalise une immense toile pour témoigner du bombardement de la ville de Guernica par le général Franco aidé par les nazis. Il peint en noir et blanc la barbarie humaine.

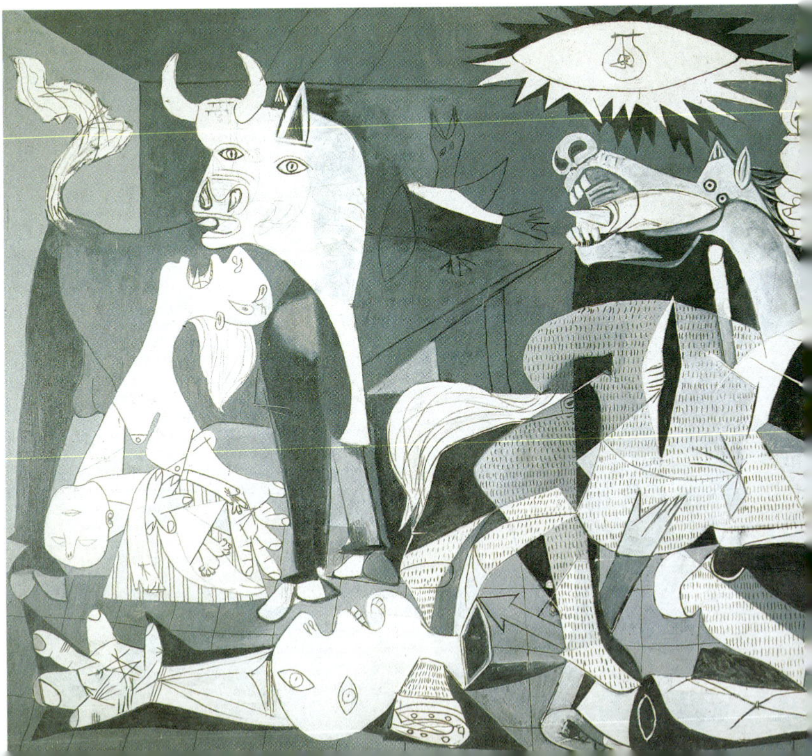

guerre, les plus réputés aux États-Unis se nomment Jackson Pollock, Mark Rothko, Sam Francis, Willem De Kooning. En France, ils se nomment Jean Fautrier, Nicolas de Staël, Maria Elena Vieira da Silva (d'origine portugaise) et en Espagne Antoni Tapiès. Les objectifs de l'art, les gestes et façons de peindre, les matériaux, tout évolue !

Sources d'inspiration inédites

Les dessins d'enfants, les graffitis et les œuvres des fous vont être une nouvelle source d'inspiration pour la seconde moitié du XXe siècle. Jean

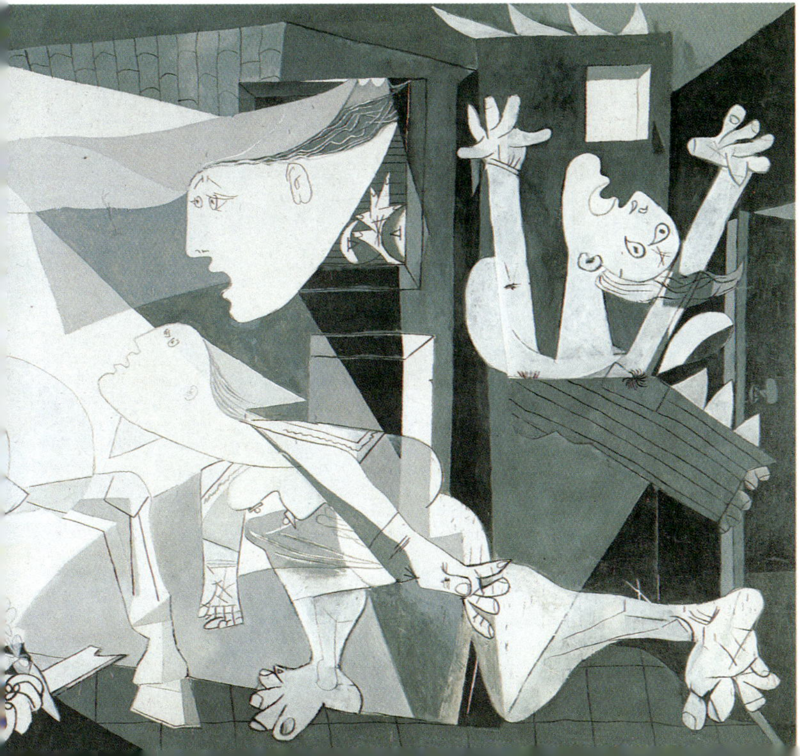

Les artistes du pop art, les plus connus sont Andy Warhol (1928-1987, Roy Lichtenstein (1923-1997) qui s'inspire des bandes dessinées, et James Rosenquist (1933) qui emprunte l'iconographie médiatique.

Dubuffet (1901-1985), peintre et sculpteur, s'intéresse à la production des malades psychiatriques. Il désigne leurs œuvres du nom d'« art brut ».

La naissance du pop art

Dans les années 1950 en Angleterre et aux États-Unis, ce sont les produits de consommation qui vont devenir les sujets de prédilection des artistes. Parallèlement à la pop music, le pop art ou art

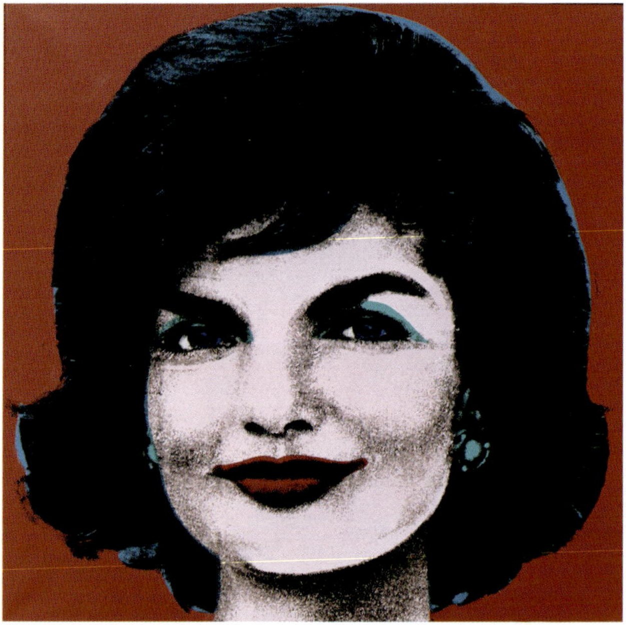

Jackie ***d'Andy Warhol, 1963, Froehlich collection, Stuttgart, Allemagne. En peignant le portrait de Jackie Kennedy, juste après l'assassinat de son mari, le président John Kennedy, Warhol témoigne du traumatisme de toute une nation.***

populaire est né. En représentant une chaise électrique, l'Américain Andy Warhol nous amène à réfléchir sur la peine de mort. En peignant une boîte de soupe Campbell, il pose la question de l'alimentation. Warhol utilise des photographies projetées sur une toile qu'il imprime. C'est la technique de la sérigraphie, symbole de la standardisation de la consommation américaine des années 1960.

ABSTRACTION, LES ARTISTES INNOVENT

À New York, dès 1947, l'américain Jackson Pollock (1912-1956) révolutionne la façon de peindre. Il étend sa toile sur le sol, se promène autour en jetant des giclures de peinture ou en faisant couler les couleurs directement par des trous dans les pots. Pollock réalise ses performances d'« action-painting » en public.

La nouvelle façon de regarder

L'Américain Mark Rothko (1903-1970) peint de grands tableaux abstraits. Il souhaite un cadre d'exposition propice à la méditation et que les spectateurs disposent de temps pour cette contemplation. Il pense que les couleurs, tel un miroir, peuvent alors établir un lien entre lui, son message et son public.

Les nouveaux matériaux

Le peintre espagnol Antoni Tapiès ajoute du sable, des pigments purs, de la poudre de marbre à sa peinture à l'huile. Il apporte de la matière à la peinture.

Les peintures-sculptures

Dans les années 1960, la peinture et la sculpture se rapprochent. Les sculpteurs ajoutent de la peinture sur leurs œuvres et les peintres augmentent l'épaisseur de leurs tableaux et utilisent les supports les plus divers en guise de toile (bois brut, fer, Isorel, ciment...). Le peintre italien Lucio Fontana (1899-1968) donne des coups de rasoir dans ses tableaux qui deviennent ainsi des peintures-sculptures en montrant ce qui se passe au-delà de la toile.

L'art conceptuel

L'art abstrait et l'art figuratif ne s'opposent plus. Yves Klein (1928-1962) prend par exemple une vraie éponge qu'il peint en bleu, à la fois figurative, car il s'agit d'une éponge, véritable et abstraite, car sa transformation ne représente rien de reconnaissable. Comme Pollock, Klein réalise des performances en public. Un soir, devant des spectateurs et accompagné par un orchestre, il enduit de peinture bleue les corps de femmes nues qui se pressent ensuite sur la toile. Pour la première fois, l'acte de création, la peinture, la musique et le public sont associés dans la conception d'une œuvre d'art.

On appelle performances des actes de création qui réunissent dans un même lieu un artiste et un public, venus pour assister en direct à la création d'une ou plusieurs œuvres d'art.

Le nouveau réalisme

Les partisans du nouveau réalisme considèrent que l'objet est un élément nécessaire à la création d'une œuvre d'art. Ses principaux représentants sont : Fernandez Arman (1928), César (1921-1998), Jean Tinguely (1925-1991).

L'art contestataire

Certains artistes créent des œuvres à des fins contestataires pour tenter de changer le monde. Keith Haring (1958-1990) peint sur les murs de New York des graffitis éphémères destinées aux passants, dénonçant la guerre et les préjugés raciaux et sexuels. Jean-Michel Basquiat (1960-1988) utilise la violence des graffitis pour dénoncer l'intellectualisme bourgeois. Chéri Samba (1956), peintre africain

Les œuvres les plus connues des nouveaux réalistes sont : les sculptures conçues à partir de violons ou de pianos d'Arman, les compressions de voitures et les objets coulés dans du plastique de César, la *Fontaine Stravinsky* à Paris, où des lèvres crachent de l'eau, une tête de mort sourit et des chapeaux dansent, conçue par Tinguely et Niki de Saint-Phalle.

Les Américains Keith Haring et Jean-Michel Basquiat sont morts l'un à 32 ans du sida et l'autre à 28 ans d'une overdose d'héroïne. Leurs morts violentes en pleine jeunesse ont contribué à faire d'eux un mythe.

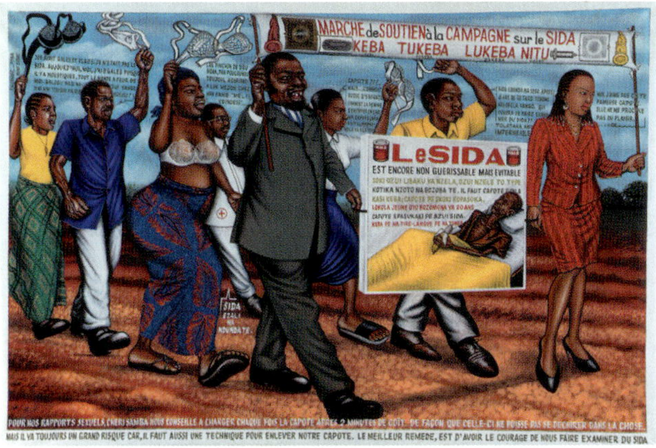

Marche de soutien à la campagne contre le sida ***de Chéri Samba, 1988, Centre Pompidou, Paris.***
Chéri Samba peint ses tableaux sur le modèle des enseignes africaines, en mélangeant les images et les mots.

au Zaïre, a recours à l'humour pour dénoncer les abus du monde occidental.

La détresse, un thème persistant

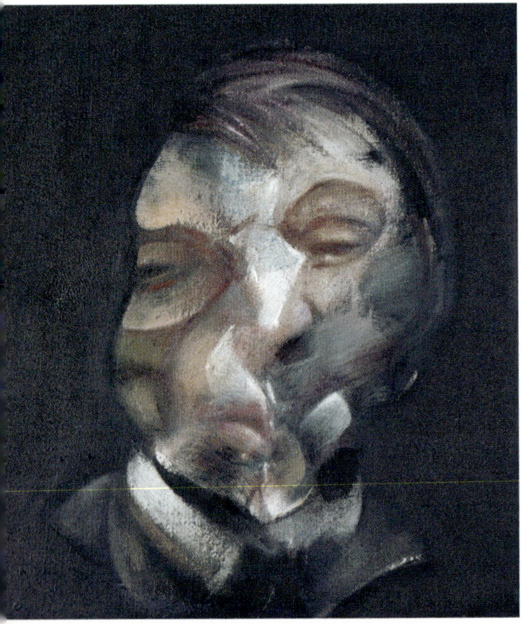

Francis Bacon (1909-1992), peintre irlandais réinterprète certains sujets comme *Le Bœuf écorché* de Rembrandt ou le portrait du pape *Innocent X* de Vélasquez. Mais avant tout, Bacon peint sa souffrance morale, qui se reflète dans les déformations qu'il fait subir aux corps des hommes, miroir de sa propre détresse.

Autoportrait ***de Francis Bacon, 1971, Centre Pompidou, Paris. Le visage déformé, les tâches blanches de la peau évoquent une tête de mort. Le désespoir se lit dans le regard baissé.***

Le land art

Certains artistes interviennent directement dans un paysage et pratiquent le « land art », l'art dans la nature. Ils choisissent aussi bien la mer, que le désert, la ville ou la campagne… Quelquefois, les lieux sont difficilement accessibles ou éphémères, alors, ils photographient leur réalisation pour que l'œuvre perdure. Ainsi, Robert Smithson réalise une spirale en pierres de plus de 500 mètres sur le lac Salé, Christo fait flotter de gigantesques nénuphars en tissu rose autour des îles Floride et emballe le Pont-Neuf à Paris, Richard Long jalonne ses itinéraires avec des monticules de cailloux, Daniel Buren crée un monde souvent rayé de noir et blanc tandis que Yayoi Kusama parsème l'univers de pois multicolores…

L'art sans limites

Il est souvent difficile de reconnaître les pays d'origine des artistes à travers leurs œuvres. Les artistes d'aujourd'hui voyagent facilement, exposent souvent à l'étranger et grâce à Internet, ils ont accès au monde entier.

L'art n'est plus réservé à la peinture, la sculpture et l'architecture. Les artistes explorent sans cesse de nouveaux domaines. Ils prennent des photos, tournent des films en vidéo, construisent des installations, utilisent tous les langages, même la musique et la danse. Ils décloisonnent les genres artistiques pour nous faire découvrir un nouvel univers. Ils nous provoquent, nous dérangent et nous remettent en question. Ils nous font rêver et rire. L'histoire de l'art est loin d'être terminée !

JEUX

1. Le mot intrus

Chaque ligne comporte un **mot intrus** qui **ne se rapporte pas au mot** placé **en début de ligne. Sauras-tu le trouver ?** Et sauras-tu ensuite trouver sur quelle ligne il devrait être ?

PEINTURE	PIGMENT	COULEUR	RELIEF	FRESQUE
SCULPTURE	PERLE	TAILLE	RONDE-BOSSE	STÈLE
TEMPLE	FRONTON	COLONNE	DORIQUE	CUBISME
MOYEN ÂGE	ENLUMINURE	TEMPERA	BYZANTIN	ROMAN
RENAISSANCE	ANTIQUITÉ GRÉCO-ROMAINE	PERSPECTIVE	IONIQUE	RÉALISME
BAROQUE	COURBE	FANTAISIE	THÉÂTRAL	GOTHIQUE
CLASSICISME	RAISON	ORDRE	ITALIE	MESURE
PICASSO	SYMÉTRIE	GUERNICA	BATEAU-LAVOIR	PÉRIODE BLEUE

2. La bonne réponse

Pour chaque question **3 réponses** te sont proposées. **Une seule est juste. À toi de la trouver.**

1. **De quelle époque** datent les **premières œuvres polychromes** (utilisation de plusieurs couleurs) ?
   a. La préhistoire b. L'Empire d'Égypte c. Le Moyen Âge

2 Quelles sont les **règles de l'art égyptien** ?

a. Tête, bras, jambes de face et œil, torse et hanches de profil

b. Tête, bras, jambes de profil et œil, torse et hanches de face

c. Tête, torse, hanches de profil et œil, bras, jambes de face

3 Quel est l'**ordre chronologique des 3 ordres grecs** ?

a. Ionique, dorique et corinthien

b. Corinthien, dorique et ionique

c. Dorique, ionique et corinthien

4 Dans **quel art** les **Romains** furent-ils particulièrement **habiles**?

a. Le portrait **b.** Le paysage **c.** La peinture rupestre

5 Où a **débuté la Renaissance** ?

a. À Rome b. À Florence c. À Padoue

6 Quel est **le pays du classicisme** ?

a. La France **b.** L'Italie **c.** L'Allemagne

7 Quel tableau est **à l'origine du nom « impressionnistes »** ?

a. Le Déjeuner sur l'herbe b. Le Moulin de la Galette

c. Impression, soleil levant

8 Quel est **le style de Kandinsky** ?

a. Surréaliste **b.** Abstrait **c.** Pop art

*Réponses : 1/ **LE MOT INTRUS** : ligne 1 : Relief (correspond à la ligne 2) ; ligne 2 : perle (correspond à la ligne 6) ; ligne 3 : cubisme (correspond à la ligne 8) ; ligne 4 : tempera (correspond à la ligne 1) ; ligne 5 : ionique (correspond à la ligne 3) ; ligne 6 : gothique (correspond à la ligne 4) ; ligne 7 : Italie (correspond à la ligne 5) ; ligne 8 : symétrie (correspond à la ligne 7) ; 2/ **LA BONNE RÉPONSE** : 1-a ; 2-b ; 3-c ; 4-a ; 5-b ; 6-a ; 7- c ; 8-b.*

INFORMATIONS UTILES

Les musées et les sites

Pour les œuvres de l'Antiquité au XIXe siècle

Musée du Louvre
Tél. : 01 40 20 50 50
Collections : Antiquités égyptiennes, Antiquités grecques, étrusques et romaines, Antiquités orientales et l'art de l'islam, Peintures, Sculptures, Objets d'art et Arts graphiques du Moyen Âge jusqu'à 1850...
www. louvre.fr

Pour les œuvres du XIXe siècle

Musée d'Orsay
Tél. : 01 40 49 48 14
www.musee-orsay.fr

Pour les œuvres contemporaines

Musée national d'art moderne
Centre Georges Pompidou
Tél. : 01 44 78 12 33
www.centrepompidou.fr

Pour les arts d'Asie

Musée national des arts asiatiques Guimet
Tél. : 01 56 52 53 00
www.museeguimet.fr

Pour les arts d'Afrique, d'Océanie, d'Amérique et d'Océanie

Musée du Quai-Branly
www.quaibranly.fr

Pour l'art arabo-islamique

Institut du Monde Arabe
Tél. : 01 40 51 38 38
www.imarabe.org

Pour les œuvres de Picasso

Musée national Picasso

Tél. : 01 42 71 25 21

Musée constitué à partir de la collection personnelle de Picasso, qui rassemble ses œuvres, celles de ses amis (Braque, Matisse, Derain, Miró...), de maîtres qu'il admirait (Cézanne, le Douanier Rousseau, Degas...), ainsi que des œuvres d'art primitif.

www.musee-picasso.fr

et aussi :

www.cnac.gp.fr

Dossiers pédagogiques du Centre Georges-Pompidou

www.photo.rmn.fr

Œuvres conservées dans les musées français

Quelques sites de musées étrangers

www.moma.org

Musée d'Art moderne de la Ville de New York

www.metmuseum.org

Metropolitan Museum à New York

www.tate.org.uk/modern

Tate Modern, musée d'Art contemporain à Londres

www.tate.org.uk

Tate Gallery, notamment pour les tableaux de Turner

www.nationalgallery.org.uk

Site de la National Gallery à Londres

www.museoprado.mcu.es

Musée du Prado à Madrid

www.uffizi.firenze.it

Galerie des Offices à Florence

INDEX

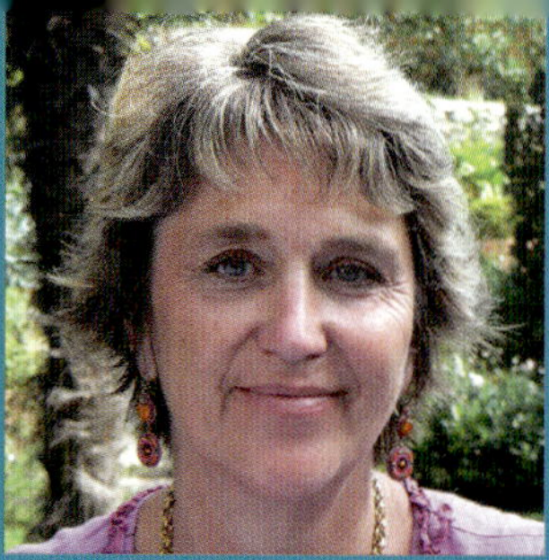

Sonia Chaine, l'auteur, a fait des études de lettres et arts avant de diriger une société de design. Passionnée d'art, elle a parcouru le monde avec son mari pendant vingt ans, pour découvrir les sites archéologiques les plus extraordinaires et les plus beaux musées du monde. Depuis 2004, elle se consacre à la publication de livres d'art.

Du même auteur :
L'art en 100 chefs-d'oeuvre
Flammarion - 2008

© crédits photographiques

The Bridgeman Art Library p. 10, p. 27, p. 41, p. 43, p. 55, p. 66, p. 75 ; Centre national de la pré histoire © N. Ajoulat/CNP-ministère de la Culture p. 8, p. 12 ; Dagli Orti p. 15 ; Martine Lang p. 16 ; Explorer © Loirat p. 20, 23 ; Rapho © Rega p. 29 ; © Roland Michaud p. 35 ; Sonia Chaine p. 39 ; Scala p. 50, p. 64, p. 65 ; Archives Flammarion p. 36, p. 37 ; The Art Archive © Mireille Vautier p. 44 ; akg-images p. 45 (bas), p. 98 ; © Rabatti/Domingie p. 49 ; © Erich Lessing p. 81 ; © Gérard Degeorge p. 90 et p. 95 ; © 2009 Andy Warhol Foundation for the Visual Arts Inc./Adagp, Paris 2009 p. 114 BPK, Berlin, Dist RMN p. 21 ; © Jörg P. Anders p. 71 ; © Jens Ziehe © Adagp/FAAG, Paris 2009 p. 111 ; Roger Viollet p. 76, p. 82 ; Photos RMN © Christian Jean p. 3, p. 51 ; © Frères Chuzeville p. 19 ; © Daniel Arnaudet p. 25, p. 60, p. 83 ; © Bulloz p. 3, p. 28 ; © Patrick Leroy p. 33 ; © René-Gabriel Ojéda p. 34, p. 42, p. 57, p. 69 ; © Jean-Gilles Berizzi p. 46, p. 53, p. 58 ; © Thierry Ollivier p. 45 (haut) ; © Hervé Lewandowski/T. Le Mage p. 56 ; © René-Gabriel Ojéda/Tierry Le Mage p. 62, p. 68 ; © Gérard Blot/Christian Jean p. 70, p. 77 ; © Gérard Blot p. 72-73 ; © Hervé Lewandowski p. 14, p. 18, p. 79, p. 86, p. 92, p. 93 ; © Richard Lambert p. 87 ; © Michèle Bellot p. 99 / © The Museum of Modern Art of New York p. 100, p. 103 / © Museum of Art of San Francisco p. 101 / CNAC / MNAM Dist. RMN / © Adam Rzepka © Adagp, Paris 2009 p. 105, p. 107 ; © Jacques Faujour p. 106 (bas) ; © Peter Willi p. 106 (haut) ; © Philippe Migeat p. 117 ; © Philippe Migeat © The estate of Francis Bacon/Adagp, Paris 2009 p. 118 ; © Christian Bahier/Philippe Migeat © Adagp, Paris 2009 p. 110 ; © Artephot p. 112-113

Couverture : © Niki Charitable Art Foundation/Adagp, Paris 2009

Imprimé en France par Clerc, 18206 Saint-Amand-Montrond
03-2009 – Dépôt légal : septembre 2006
Éditions Flammarion (N°2777) – 87, quai Panhard et Levassor – 75647 Paris Cedex 13.
Loi n° 49-956 du 16 juillet 1949 sur les publications destinées à la jeunesse